WHO IS TING

挺什么

BY ZHAOTING

赵挺　著

上海文艺出版社

{ 目录 }

赤地旅行　001

荒芜太平洋　037

复活节岛计划　063

空白之年　083

海啸面馆　115

朋克大佛　147

青年旅馆　185

热带刺客　211

我和你聊玛格丽特的地方　233

上海动物园　257

赤地旅行

1

三十年前,我的渔民爷爷一直和我重复着太平洋人鱼的故事,我无所事事地听着,昏昏欲睡。

现在,我依旧无所事事地待在这个沿海小城。我在七八平米的房间里写关于太平洋人鱼的故事。我今天在房间里写道:

> 千百年来,人鱼一直活动于太平洋中部海域。随着人类航海活动的增加,太平洋人鱼开始慢慢从海里迁徙到陆地。进入大航海时代,他们逐渐开始吸附于经过中途岛附近的船只底部,在全球各大沿岸港口登

陆。他们与陆地人无明显差异。经过漫长的陆地同化，我们更加难以区分陆地人与人鱼的区别了。现在，整个太平洋地区已经没有人鱼了，因为他们已经全部上岸了。也许更久远之前，他们就是迁移到太平洋里的陆地人。现在陆地上的人鱼大都分布于沿海港口城市，安详生活。直到今天，人鱼遭遇了在陆地上最严重的一次危机。

我每天就写几百字，写完以上这段，我吃了一碗泡面。

我什么事情也做不了，但是夏天已经快开始了，天空那么辽远，风那么舒服，手头还有两包万宝路。

我走到桥上，看见贝壳家着火了。于是点了一支烟，静静地看了一会儿。蓝天白云，赤红烈焰，有点好看。贝壳走过来，咬着烟说，那是我家。

我说，知道，一直站在这里看。

贝壳打电话通知了一下他爸家里着火了就挂断了。

我们抽着烟，讨论了一下万宝路双爆珠的口感以及火星到底适不适合人类居住，房子的大梁就被大火烧塌了。

贝壳看了一眼房子说，上次在希腊南部挖出头骨化石，还记得不？

我说，记得，把人类走出非洲提早了六万年。

贝壳弹弹烟灰说，六万年，弹指一挥间。此刻消防员已经开始灭火，巨大的水柱射向烧塌的房子。

我和贝壳趴在桥栏上，香烟还在烧，房子已是黑色框架，周围的群众迟迟不散。

家都已经烧完了，我们讨论的人类头骨化石却还没有结论。

贝壳踩灭烟蒂，瞥了一眼废墟。我们就去吃早饭了。漫长的早餐队伍里，贝壳得知他爸因大火犯急病被送进了医院。我们却在队伍的尽头，点了小笼包、馄饨和海鲜面。

天气越来越舒服了，我们就尽量不做没有意义的事情。譬如拿着脸盆灭火，去抢救室外面干等，那都是消防员和医生干的事情。我们现在考虑的是，海鲜面应该加点辣酱还是加点醋。

我把海鲜面里的海鲜都吃了，剩下的面老板会拿回去，加点海鲜给下一位顾客。我是在后面撒尿的时候不小心看到的。我的这碗面也许也是前几位顾客吃剩下的。

我和贝壳吃了一个多小时的早饭，讨论了许多宏大和遥远的问题。我们和那些月薪一千五百块讨论如何攻打美国的人有着本质的不同。他们都是高瞻远瞩的战略专家，我们是投机倒把的江湖术士。贝壳不同意我这种说法，因为我们根本没有投机倒把的能力，自然也配不上江湖术士的称号。贝壳认为我们具备穿透历史和洞悉世界的能力。我牙齿一酸，很遗憾我们只有这种能力。

贝壳是我身边唯一一个聊人类发展起源能聊上一整天的人。聊完人类起源，聊地球起源，还能聊宇宙起源，包括海洋之谜，时间之谜，偶尔夹杂着对东海野生大黄鱼的口感评价。这也是因为我们活了三十多年从来没有吃到过东海野生大黄鱼。

吃完早饭，也不用等太久，就可以吃午饭了，但是这并不代表我们只会吃饭和等吃饭。我们一直对这个世界充满热情和追求。过去的几年，我和贝壳一直想弄清楚人类的许多疑惑，譬如我们从哪里来，最后都会去哪里，盾牌座红色超巨星里面有没有另一种生命，马里亚纳海沟下面是什么地方。

这期间无论房价如何猛涨，互联网如何发展，金融大潮如何汹涌，周围七大姑八大姨如何七嘴八舌评头论足，我和贝壳始终谈论着我们感兴趣的东西。

终于,我们各自掏钱拼凑着想把早饭和午饭钱付了,而旁边的两位正在为抢买单而相互争执,以至于开始相互推搡。我看了一会儿,老板娘用宁波话吼着,看什么看,赶紧把钱付了。这家店以服务差、态度恶劣、口味一般,及拥有百年传统秘方著称。"百年传统秘方"是用一张A4纸打印好贴在墙上的。海鲜面的百年传统秘方就是,上一位没吃完,整合一下,下一位接着吃。

2

夏季天气多变,上午烈日暴晒,下午雷电暴雨,但是我一直待在房间里吹着冷气,继续写着太平洋人鱼故事。

我今天在房间里写道:

> 起初,我们对于人鱼并不在意,只是茶余饭后的一个谈资。现在似乎事实已经证明,人鱼正在有预谋地干一系列坏事,扰乱我们的世界,并且最终会建立

新的人鱼秩序,占领这个世界。目前,明的坏事包括杀人放火抢劫,暗的坏事无法一一陈述。现在政府已严厉打击人鱼,且希望民众配合,一旦发现,及时跟踪举报。大家共同抓捕人鱼,消灭人鱼。我们与人鱼的大战就此开始。

写完上面这段,我花了一天,这样的低效才具有夏天的意义。

这一天贝壳的父亲去世了,而他打电话给我,告诉我明天英仙座流星雨要爆发了。这种不怎么关我们的事,我们特别关注。我们计划开着贝壳他爸留下来的破面包车去那个很远的野沙滩观测。我挂电话之前顺便安慰他,别难过,人生总会过去,好了,要记得加油啊。贝壳什么也没说挂了电话。

第二天,在我们离野沙滩还有二十多公里的地方,面包车油没了。

我说,不是特意说要记得加油吗?

贝壳咬着烟瞪着我说,我以为你让我的人生加油。

我们等了一个多小时,拦下一辆摩托车,去加油站买油。买油付了两百块,车费付了一百块。我说,这么贵。摩托车司机耐心地给我们算了一笔账,他来回油钱也需要五十块,还有损耗费人力费,还有误工费,七七八八加起来,起码得一百五十块,收我们一百块,主要是想做一件好事帮助我们。我说,那一百块也别收了,好事做到底。摩托车司机说,一百块都不收,那就是在帮助你们做坏事了。

苍天有眼,逻辑正确,这一百块值得给。

我们到达那个野沙滩已经很晚了,喝光了带来的啤酒,还嗑了两袋瓜子,一直没有看到流星,于是就挖起了牡蛎,一直挖到潮水涨满大半个沙滩。我们把牡蛎装进二十多个啤酒罐,听着收音机,摇摇摆摆地在沿海公路上开车。

我们发现有点分不清大海和公路的时候,才意识到酒驾了。于是我们把车停在海边,开始在车里睡觉。据说那晚的英仙座流星雨非常漂亮。我醒来的时候,刷着网上的流星雨图片,觉得人生了无生趣。在了无生趣的日子里,我还难得想了一个愿望,结果上百颗流星,一颗都没有看到。

贝壳点上烟,发动汽车。烟烧了半根,汽车也没发动。

我说,又没油了?

贝壳说,这次是坏了。

我说,打保险公司电话吧。

贝壳说，这车哪来的保险。

于是我们又蹲在路边，拦了一辆皮卡车，慢悠悠地拖着我们往回走。我们坐在没有动力的面包车里，任由皮卡车拖着前行。贝壳说，他爸三十年前，盖了那间烧掉的小房子，过了十几年又买了这辆小面包车，虽然生活艰苦，但是总说，三十年河东，三十年河西，你以后的人生总会不一样的。现在发现，三十年河东，三十年依旧河东。

贝壳把着方向盘，偶尔轻点一下刹车，于是又谈起了人生的意义。我说，人生的意义就在于年轻时做自己喜欢的事，到了八九十岁卧床不起，穿衣吃饭都得靠别人，这生活也没有什么质量了。贝壳说，这才是有质量的生活。

我们谈了会儿人生，正准备谈谈宇宙的时候。皮卡车突然拖着我们偏离了主道，驶向一个码头边。贝壳按了几下喇叭，点了几下刹车，都无法阻止皮卡车前进。皮卡车拖着我们一路披荆斩棘，最终停在一个码头边的荒地。

皮卡车大叔走过来，贝壳点了一支烟，坐在驾驶室说，钱不够吗？

大叔说，一千五吧。

我说，之前不说三百吗？

大叔说，不说三百能把你们拖到这里吗？

贝壳说，那再给三百，给我们拖到原来地方吧。

大叔说，拖到哪里都是一千五。

贝壳说，那拖到美国吧。

大叔二话不说把牵引绳给解了。

贝壳分了一支烟给大叔说，价格商量一下？

大叔点起烟说，两千。

贝壳掏出手机说，我打110问问。

大叔说，有信号吗？

贝壳看了一眼手机，我也看了一眼手机，于是只能决定，一千五百块拖回家。

我们昏昏沉沉地被皮卡车拖着走，外面的风越来越热。我说，开点空调。贝壳说，你想多了。我说，收音机也没电吗？贝壳说，我手机给你放点音乐。放了几分钟来电铃声一样滥俗的音乐，手机就没电了。我们就这样，坐在闷热没有声音也没有动力的车厢内，外面传来阵阵海腥味，国道上千篇一律的店铺缓慢后退。

最终，我们让皮卡车司机停在我住处一公里远的地方，我们借口回家拿钱，然后就再也没有回去过。皮卡车司机当时说，不留一个人在这里？我说，我肚子疼。皮卡车大叔很老练地摆摆手说，去吧去吧，跑得了人还跑得了车？他万万没有想到，这车关我们什么事。

一星期后，我们回到面包车旁边。我们不知道去修理还是让它停在这里成为僵尸车。我们在车边思考了很久，当然也谈论了会儿菲律宾发现新人类的事情，最终万宝路烟味抵不过车里牡蛎的腐烂味。

3

现在贝壳和我住一起。他研究了一整天宇宙起源问题，一句话都没有讲。我则继续在太平洋人鱼故事里写道：

> 现在我们这个城市，政府已经抓到了上百名人鱼。同样的犯罪问题，陆地人根据法律来定刑，而人鱼只能一律被处死。曾有一小撮人认为陆地人与人鱼应该一视同仁，但是大部分人不同意，大部分陆地人都不允许自己的世界被异类所侵占，哪怕人鱼能和我

们和谐共处，与我们一起创造一个新的世界，这也是不允许的，陆地人就应该由陆地人做自己的主人。曾经，因为陆地人的无知与麻木，已经容忍人鱼与陆地人共存了这么久，现在人鱼已经到了该被灭绝的时候了。

我写完这段，肚子饿了，却发现贝壳还在研究宇宙起源问题，且把能吃的东西都给吃完了。

我们下楼，准备在楼下的小超市买点东西。小超市门口聚集了很多人，大家纷纷对着巨大的夕阳抬头看着。我和贝壳欣赏了几秒钟的夕阳，才发现对面楼顶有个女的准备跳楼。有那么一瞬间，女子坐在屋顶，巨大的落日正好在她的身后，美丽又感人。

救援人员已经到位，围观的人越来越多。我和贝壳站在超市里打起了赌。我说，看这样子不会跳。贝壳说，看样子肯定会跳。我拿了一桶方便面说，押这个。贝壳看了一眼女子，拿了十根火腿肠说，押大点的。我看了一眼女子，又加了十根火腿肠。贝壳观察了半分钟，搬来了一箱泡面。我这次看都没看，搬来了两箱矿泉水。贝壳见状，又搬来了两箱可乐。我见状，拿来了三打罐装啤酒。贝壳点起一支烟说，老板，两条中华，软壳的。我说，四条吧。贝壳说，有没有茅台？

此刻，我们发现楼顶的姑娘已经不见了，人群在慢慢散去，救援人员正在收场撤离，夕阳也已经埋没，小超市的柜台堆满了我们拿来的东西。我们买了两盒方便面，准备走出小超市，老板突然开口教育我们：没有良心的东西，人家跳楼你们打赌，你们还是人吗？我一把锤子锤死你们。

贝壳回头说，这些都买了可以吧？

老板说，算你有点良心。

贝壳叼着烟说，但没钱。

老板追了出来，我们一溜烟跑了。我们跑到了对面的楼顶，也就是姑娘准备跳楼的地方。这是方圆五公里内最高的地方，四周视野开阔，能看到远处的城市霓虹以及郊区的黑灯瞎火。我们坐在角落里，用姑娘准备跳楼的姿势看了一会儿远方。

贝壳说，打个赌，一会儿会不会有人觉得我们要跳楼？

我说，赌啥？

贝壳看了看手中的泡面说，那还是聊聊宇宙法则吧。

我说，开始吧。

这时候，后面传来一群人的声音。我们回头一看，几个打太极的人在你推我我推你。一个仙风道骨的大爷边打边说，我这样一用力，你们就倒，知道不？要全体倒下，这就是内功，来一遍。

我和贝壳各自捧着泡面，只见大爷对着众人隔空一推，五个人立即后退十多米全部前翻后仰。

五个人站起来后，大爷说，再逼真一点，有种被我内功弹倒的感觉，一个月就两场活动，一场五百，大家一定要认真。

听完大爷的介绍，贝壳的那桶泡面滚落到了地上。我和贝壳捡起泡面的时候，大爷神仙一样瞪着我们。

贝壳捡起泡面说，别误会，我们只要三百。

大爷还没反应过来，贝壳已经在地上摔了三次，每一次都是不同的风格。

大爷当即表示，到时候我们两个作为观众，然后举手上台。

我们就这样在顶楼加入了翻滚排练，各种前滚翻后滚翻侧身翻，贝壳还带着各种神情。他说这是被降龙十八掌击中的表情，这是小时候被他爸揍的表情，这是他妈妈离开他时的表情。我们就这样不断地翻滚着，和我们一起翻滚着的还有远处的一座摩天轮。

最后楼顶依旧只剩下我和贝壳两个人，贝壳还在给我演示各种翻滚的要领。

我说，别演了，也就三百块钱。

贝壳站起来，掸掸衣服，淡淡地说了句，妈的。

我们继续坐在楼顶，看看黑夜和城市，楼下的小超市灯光温暖。里面的老板虽然穷酸市井，并且时不时要锤死我们，但我们丝毫没有想锤死他的想法。因为他和我们讲庸俗不堪的大道理的时候，我们只要多买一罐可乐就可以改变他的所有说法。而且，据我观察，老板一直守着电脑看电视剧，已经看了很久的《西游记》了，在苹果手机已经出到十几代的今天，老板还恪守着《西游记》的故事紧紧不放，我们认为这是一个单纯善良的人。

我们路过小超市，进去问老板要了点开水，买了几根香肠，一边吃一边和老板唠嗑。老板问我们会不会操作电脑，他儿子给电脑设置了《西游记》单集循环，已经看了几十遍了。我和贝壳吃着泡面摇摇头表示不知道如何操作。

4

天气热得白天无法出行,而贝壳却在炎热的厨房探索酸奶红酒泡面的可能性,我继续在房间里写道:

> 人鱼必定会违法犯罪,所以违法犯罪的人首先要被送到人鱼调查中心,判断是否是人鱼。判断人鱼的标准比较复杂,因为无法像体检一样单纯凭借仪器进行检测,更多的类似于精神病院的检测方式,即通过一系列的问答、做题及特殊仪器检测,接着经过人鱼专家集体讨论,本着严谨负责的态度,最后由人鱼调查中心出具结论,一旦被认定是人鱼,即意味着死亡,且一人被认定是人鱼,从其亲戚朋友里又可以抓出多个人鱼,这种扩散式抓捕法,提升了消灭人鱼的效率,也让死亡的阴影笼罩在城市上空。

我写完这段,尝试了一下贝壳的酸奶红酒泡面,吃得我不想待在家里。很晚的时候,我和贝壳坐在江边讨论月亮的背后究竟有什么。这个时候,一个男子走过来,在我们面前拿出两把刀子。贝壳瞥了一眼说,几块钱?男子说,什么意思?贝壳吐了一个烟圈说,两把一百五?男子把刀凑到我们眼前说,抢劫的。我们和他理性分析了一下,我们一共就一百五十块,卖和抢都是这点钱,还是卖比较文明点。男子听了说,低于五百块不卖,张小泉的。我们说,一共就一百五十块。男子说,行吧。我们拿到刀,马上把两把刀对着男子说,全部拿出来。男子说,合法买卖行吗?我们说,行,于是他把钱给我们,我们把刀又还给了他。男子拿着两把刀,看着我们,我们也看着他。贝壳说,一九六八年阿波罗8号绕行月球,在月亮的后面,你们猜发现了什么?于是我们三个人一起抬头看着月亮,看得津津有味。当我们离开的时候,那个男子还在看月亮。

过了好久,我们在江滨公园边看到一个长发青年拿着吉他。地上的硬纸板上写着,中国独立音乐人。我和贝壳听了一会儿,觉得吉他弹得非常有特色,于是每个人摸出十块钱,压到硬板纸的下面。很多经济没法独立的,只能先从音乐开始独立。扔完钱,我们才发现,这哥们刚才是在调弦。

这哥们唱的第一首歌是,你就是我心里的一朵玫瑰花,嗨哟嗨哟,玫瑰花……唱得我们心疼那二十块钱。唱完之后,一个中年赤膊大哥,一步上前说,好,然后扔了一百块。赤膊大哥走到话筒前说,我给大家唱一首,爱你爱得很上头,谢谢大家啊。我们看了一下,周围算上我们一共就五个人。赤膊大哥扭动着身体说,来,音乐,one、two、three、four,go……

我说,我们一会儿去唱一首。

贝壳叼着烟说,我们没钱。

我们只能继续沿着江往前走。这条江再往前一点就是入海口了,所有的河流小溪包括我们的洗澡水最终都通过这里流向茫茫大海。我们经过一个面江哭泣的女人身边,贝壳表示,她的眼泪也会流入大海,一会儿连同她自己都会流入大海。我回头看了一眼,背影迷人,我说,那还是去安慰一下吧。

我走过去说,小姐,怎么了?

她一回头,一张老脸赫然出现在眼前。

我一惊说,大姐,别想不开。

她说,考试考了几次都不行。

我说,别担心,哪个学校的?

她说,恒通驾校。

我说,那你自己再静会儿。

我和贝壳就这样不知不觉走到了入海口，有大轮船停在江海交界处。贝壳说，如果偷一艘轮船，就可以一直朝着大海开出去。

我说，开得出去吗？能偷来就去卖掉啊。

贝壳说，卖得掉吗？

我们经常有这些非常荒唐又没有意义的想法，于是贝壳点起一支烟，正儿八经地和我谈起了宇宙究竟有多大。

我面朝大海的方向，双臂微微展开说，大概这么大吧。

上一次，我站在这里面朝大海双臂微微展开，抱着的是前女友，并且告诉她，就像抱着整个宇宙。

5

夏天已经过去一半了，台风马上就要来了。我继续在电脑上写道：

> 我们也参与到抓捕人鱼的行动当中来了，只要你怀疑对方是人鱼，就可以举报。除了违法犯罪之外，

譬如说话很大声，乱丢垃圾，随地大小便，公共场所抽烟，甚至你觉得对方长得不顺眼，或者对方偷瞄了你一眼也可以作为举报的理由。一时间，人鱼调查中心成为了我们这里最庞大的调查机构。

我写完这段，就和贝壳一起出门准备买张餐桌。我们住处什么都没有，以前吃饭不是捧着吃，就是放在椅子上吃。为了提高生活质量，给予吃饭一定的仪式感，我们问小超市老板借了三轮车去了二手家具市场。我们随便挑了一张小餐桌，将餐桌扛到三轮车上的短短几分钟，遇到了好多个小货车司机表示搬运送货一条龙服务，价格从三百降到了一百。我们表示自己准备了人力三轮车，一分钱都不会花的。

贝壳骑着三轮车，我坐在后面扶着餐桌，摇摇晃晃地从家具市场出来进入了灰尘满天的国道。

贝壳悠闲地骑着，还点了一支烟，我感觉讨论宇宙真理的时刻又要到来了。

贝壳吐了一口烟说，你那个写人鱼的小说，我都看完了。

对于贝壳的偷看，我没表现惊讶，说，都是我瞎编的。

贝壳说，不是你爷爷和你讲的吗？

我说，我爷爷也是瞎编的。

贝壳猛蹬了几下，过了一盏红绿灯说，你错了，我已经在生活中发现了人鱼。

我说，好好骑车，看着点路。

贝壳说，我见过，你也见过。

和贝壳讨论再虚无缥缈的东西都是正常的，于是我说，见过就见过，有什么奇怪的。

贝壳突然一个急刹回头说，你知道清除人鱼意味着什么吗？

我差点没扶住餐桌，说，好好骑，别急刹。

贝壳又缓缓蹬着三轮车说，我和你说个秘密，你不要惊讶。

我紧紧扶着餐桌说，这世界有什么事情能让我们惊讶？

贝壳又是一个急刹，我一头撞在了餐桌上。

我一抬头，一个交警站在我们面前，简单询问了贝壳几句，就开始低头开单子。

贝壳说，真不知道不能运货，一定不会有下次了。

交警边开单子边说，不是不能运货，是三轮车不能进城。

贝壳说，怎么处理？

交警说，罚款两千，看你是初犯，一千，下不为例。

贝壳说，你怎么知道我是初犯？

交警说，那就两千。

我们面面相觑表示没有钱，交警说没有钱就扣押三轮车，到时候来交罚款再把三轮车拿回去。我们花了五十块叫了一辆小货车把餐桌装上车。在车上我们算了一笔，罚款要两千，一辆三轮车才八百，不如新买一辆，关键小货车装运回来才一百块。

小货车司机笑笑说，出来的时候，一百你们都不装。

我和贝壳盯着小货车司机陌生又熟悉的脸庞。

贝壳对着收音机说，能不能换首歌？

小货车司机就把频道一换，里面传来：滋阴壮阳，最后两盒，最后两盒……

小货车司机又换了一个频道，贝壳说，别换，就刚才那个频道。

小货车司机说，这在听啥？

贝壳说，开好你的车。

到家之后，我和贝壳向小超市老板解释，三轮车骑着骑着就散架了，明天重新给他买一辆。老板将信将疑，我们就跑走了。

我们在新买的旧餐桌前,讨论了一些事。我们准备各出两百块给老板买一辆二手三轮车。还讨论了上个世纪九十年代海湾战争对中东格局的改变。正准备讨论金兵南下对中国南方的影响,贝壳喝完泡面里的最后一口汤说,明天开始,你就专心写人鱼故事吧。

我说,我每天就写几百个字。

贝壳说,按照我说的写,你什么也别干了。

我说,我本来就什么也干不了。

贝壳说,我告诉你谁是真正的人鱼。

我说,谁?

贝壳笑了笑,露出了不再是无所事事的笑容。

门外传来敲门声,我打开门。房东说,明天要交房租了。

身无分文的我说,知道了。

6

贝壳拿着一把刀站在我后面,我则违背当初的意愿,按照贝壳的意思，开始写身边的人鱼故事。当然这刀他说是给我削苹果吃的，但是如果我不按照他的意思写，可能就要削我了。平时二十四小时我就写半小时，现在已经写了半天了，我在电脑上写道：

以下故事纯属非虚构，如有雷同肯定不是巧合。

这一天，我和贝壳下楼，把小吃店的老板娘给举报了，我们告诉人鱼调查中心，老板娘长相不端正，声音洪亮，脾气暴躁，爱钱如命，具有人鱼的嫌疑。人鱼调查队经过初步判断抓走了老板娘。那时候我们正在她店里吃着海鲜面，老板娘就被抓走了，三天后人鱼调查中心就通知我们老板娘已经被确定为人鱼，并且对我们表扬了一番，希望我们再接再厉继续协助抓捕人鱼。

我和贝壳备受鼓舞，开着一辆破面包车去海边庆祝我们为人类作出的一点点小贡献。在去海边的路上，我们凭借之前的经验，敏锐地观察到一个摩托车司机的异样，穿着廉价，神色慌张，满嘴谎言，并且想讹我们的钱，于是我们借故汽车没油将他稳住，随后被及时赶到的人鱼调查员迅速带走。三天后，我们再次得到了人鱼调查中心的感谢。

从海边回来的路上，我们透过一辆皮卡车，再次敏锐感觉到了车内司机的异样，此人满脸横肉，胡子拉碴，皮肤黝黑，目光凶狠，我们同样借故汽车故障，立即通知人鱼调查中心及时将他绳之以法。这次仅仅一天后，我们就得到了人鱼调查中心的表扬。这说明人鱼鉴定的效率提升很快。

第四次举报是我们举报人鱼生涯中一次关键的转折点。那一天，很多人围在楼下观看一个即将跳楼的姑娘。我们却在这样的场景中，一眼识别出了楼顶那位跳楼姑娘的人鱼身份。那位姑娘，穿着朴素，神情悲苦，身材纤细，脸色惨白，我们立即通知了人鱼调查中心。当时在场的那么多群众，以及警察、消防人员都没有发现，我们却火眼金睛，在那么遥远的楼顶凭借肉眼难以看见的特点，成功将其人鱼身份识破。

这一次，人鱼调查中心记住了我们的名字。他们的领导和我们谈了一分钟，并且给了我们一千块的奖励，真诚地表示人鱼调查中心非常需要我们这样善于在生活中发现人鱼的人才。

在受到人鱼调查中心的重视之后，我们彻底激发了独特的人鱼识别能力。我们举报了一个假太极团队，一行人，装腔作势，穿着怪异，行为浮夸，言语异常，简直就是一锅人鱼。随后，我们吃泡面的时候，发现了老熟人——超市老板的异常，古板守旧，庸俗势力，人大胆小，欺软怕硬，立场不定，这样的人同样逃不过我们的判断。

我们保持了零失误的判断，但凡我们举报的都被确定为人鱼。人鱼调查中心对我们高度重视，邀请我们去了他们的办公室。除了常规的表扬以及金钱奖励之外，我们被特聘为"人鱼调查中心特约调查员"。待遇方面，给我们发固定工资，并且抓到一个人鱼就奖励一笔钱。权限方面，我们有当场抓捕人鱼的权利，并且还给我们配备了激光麻醉枪和印有"人鱼调查中心"的面包车。

我们是这个世界正义的守卫者，我们有独特的眼光，厉害的电击麻醉枪，若干年后，还会有英姿飒爽的制服，关于制服，领导说了等我们业绩达到一定程度才能发给我们。等到穿上制服的那一天，正义就是我们的模样。

我写到这里，天已经黑了，门外又传来房东的敲门声。我们不开门，房东就直接开门进来了。
我们说，你这是私闯民宅。
房东说，房子是我的，不付钱，你们是私闯民宅。
房东非常冲动，于是被我们揍了一顿，抬出了屋外。
贝壳说，别理他，继续写。

7

这一天，我人还在床上，贝壳就把笔记本电脑给我递过来，让我打开电脑继续写，于是我咬着包子睡眼蒙眬地写道：

> 作为人鱼调查中心的特约调查员，我们现在工作

得心应手，开展了扫荡式的抓捕。我们在江边，遇到一个疑似推销刀具的抢劫犯，此人拿着刀，凶神恶煞，歪嘴斜眼，开口抢劫，闭口拿钱，这种人就是自动送上门的人鱼，我们一枪电击，分分钟落网。于是我们接着往前走，江边演奏独立音乐的小伙子，衣服破旧，头发蓬乱，神情萎靡，声音沙哑，基本八九不离十；再者赤膊大哥，肚子圆滚，虎背熊腰，脸部油腻，眉毛粗大，一样逃不出作为人鱼的命运；还有那几个围观者，笑容可疑，掌声机械，交头接耳，我们对着他们一阵电击扫射，音乐青年、赤膊大哥以及所有围观者全部被抓捕，一网的人鱼，我们将他们抬上面包车，随后继续散步向前。我们在江边，还遇到一个即将跳水准备奔向大海的人鱼，幸亏我们及时发现，此人身材孱弱，背影孤独，长发浓黑，经过简单交流，立即一枪电击打晕。

这期间，我们还抓捕了慈眉善目、和蔼可亲、温顺文雅的家具店老板，也抓捕了皮肤黝黑、身材矮小、全身干瘪的小货车司机。

尤其值得一提的是，我们通过追溯，抓捕了很久前隐藏在围观贝壳家着火群众中的人鱼。

这一个月的最后一天,我们抓捕了我们的房东。我们并不是因为交不起房租而对他充满敌意,而是我们主动敲开他家的门,二话不说就把他电晕了,理由同样很充分,斤斤计较,为人势力,见钱眼开,不讲情面。

我们成为了人鱼调查中心的季度抓捕冠军,被内部称为抓捕人鱼的"绝世双枪"。顶着这个头衔,我们的压力也随之而来。在工作方面,我们更加深入挖掘。我的搭档贝壳经过苦思冥想,说,他爸爸脾气暴躁,嗜酒如命,烟不离手,头脑简单,四肢发达,绝对也是一个标准的人鱼,可惜他爸爸已经去世了,不然我们现在就出动。还有他妈妈,皮肤光滑,身材窈窕,心思缜密,情感细腻,也是一名标准的人鱼,可惜他妈妈很早就离开了贝壳,至今处于失联状态。我也想起了我的前女友,身材玲珑,温柔可爱,明眸皓齿,优雅大方,这也差不多是人鱼,但是自从分手之后,她就决绝地把我所有联系方式都拉黑了,并且搬了家,我同样找不到她。

我们开着印有"人鱼调查中心"的面包车游荡了很久，所到之处，大家纷纷避让，随着抓捕工作的彻底进行，街上的人已经越来越少，自然人鱼也越来越少。我们开着面包车试图去寻找贝壳的妈妈，以及我的前女友，耗费了很多公家的油结果一无所获。

在这种情况下，我们积极探索研究，终于有了新的成果。我们发现海鲜面是人鱼的产物，牡蛎也是人鱼的产物，大轮船也是人鱼的产物，接下来可能会颠覆我们一些常识，但是我们不得不接受，可能大房子、汽车、摩托车、三轮车、泡面、啤酒、桌椅等都是人鱼的产物。

我们将自己的探索与研究成果，写了整整十多页，罗列了一份人鱼物品清单。里面陈述了诸如"大房子使人散漫，汽车、摩托车、三轮车使人懒惰，海鲜面使人食欲放大，啤酒使人神经麻醉，桌椅破坏人体自然坐姿"等类似的内容。最后，我们请示禁止这些东西。一周后，我们便得到人鱼调查中心的回复，同意我们禁止所列的人鱼物品清单。

此刻，我们再次成为了人鱼调查中心的明星组合，因为我们罗列了大部分日常生活中所见的物品，使得我们的业绩大增。为了防止了一刀切，不错杀滥杀。我们被人鱼调查中心调到了理论研究与科学鉴定部门。由我和贝壳主导，制定了一个严格的标准，只有我们认为味道怪异的海鲜面才会被禁止，只有我们认为使人散漫的房子才会被封锁，只有我们认为具有懒惰属性的交通工具才会被禁止，只有我们认为过度影响神经的啤酒才会被禁止。

我们偶尔去外面抓捕少量的人鱼，或者禁止人鱼物品。更多的时候，我们积极探索，另辟蹊径，看看还有什么能挖掘与创新，并且制定一系列科学有效的标准与守则。

写完以上这些，一天又过去了。门外再次传来敲门声，这次进来的是两名警察，以殴打伤害房东的名义，将我们从房子里带离。

贝壳说，带上电脑，东西还没写完呢。

我和贝壳一转身，什么也没带，就被警察带走了。

8

我在派出所里,虽然没有笔,但是脑子里继续展开着人鱼故事……

我们抓捕了很多人,也收缴了很多东西,一切变得整洁有序,人流不再拥挤,汽车不再拥堵,城市面貌焕然一新。这期间还有人送了我们两辆汽车和两套房子,希望我们明察秋毫,坚决打击人鱼,但不要误伤同类。这个路人甲虽然我们不认识,但是态度诚恳,知书达理,识时务,懂时局,我们已经将他排除在人鱼之外,此外他的许多豪车豪宅经过我们一一鉴定也不符合人鱼产物的特性。除了铲除人鱼,保护这样的路人甲也是我们的任务之一,我们退回了他所送的两辆汽车和两套房子,转而全面保护他的人身和财产安全,他的六个家人,三家公司,五十多个账户,三十多套房产都在我们的保护之中,我们偶尔在下午喝喝他大别墅里的耶加雪菲咖啡,有时候开着他的柯尼赛格去兜一圈看看有没有觊觎的目光瞪着我们。其实这样的路人甲在我们的城市里有很多，经过前期的铲除人鱼行动，现在为了保护他们，我们付出了所有的时间和精力。基本上没有时间再回到我们的出租屋里好好休息一下了。

我想了想，还是把最后一句给删除了。删掉最后一句，派出所里的人就给我送了两只馒头，没过多久我们就被放出来了，我和贝壳就在派出所的门口见面了。我们都不知道具体发生了什么，也不太关心接下来会发生什么。

我把刚才想的人鱼故事讲给贝壳听，贝壳听完，经过我们认真思考，又补充了以下内容：

> 我们通过苦肉计，进入派出所，最终在警察局内部抓到了两名人鱼警察，用最短的时间，发现他们贪污腐败、违法违纪、颠倒是非，成功将他们反制，这是对人鱼混入政府机构的有效打击。

我和贝壳补充完这些，太阳就耀眼地挂在东边了。我们

慢慢向前走着,走进了那家用A4纸贴着"百年传统秘方"的面店。我们吃着海鲜面,在老板娘恶劣的态度下,又补充了以下内容:

> 现在,我们基本已铲除了该铲除的人鱼,也保护着应受保护的人群,但是我们身为人鱼调查中心的"双子星"在接下来的工作中,依旧开创了新的局面。
>
> 我最终发现,贝壳蓬头垢面,眼神迷离,不着边际,无所事事,也是符合人鱼的特征,我将这一情况首先通知给了贝壳,贝壳吸着烟跷着腿告诉我,其实他也发现我不修边幅,邋里邋遢,吊儿郎当,毫无朝气,也符合人鱼的特征。于是我们决定,事已至此,不要相互举报,要自我举报,于是我们走进人鱼调查中心的办公大楼,各自把自己给举报了。作为出色的人鱼调查员,我们给自己的职业生涯添上了浓重的一笔。
>
> 我们自我举报,自我鉴定,最后由人鱼调查中心经过讨论,属于人鱼嫌疑人,留待人间观察一年,暂时剥夺了我们之前的所有荣誉,但是继续聘我们为人鱼调查中心特约调查员,同时将我们"大义灭己"的

壮举写成了新闻，且受到了另一种热烈的表扬。

补充完这些，我和贝壳走出海鲜面店，阳光晃眼。贝壳慢慢地走远，而我不知道回去继续写人鱼故事，还是先在这个世界里晃荡一下。一切变得有点混沌，作为人鱼嫌疑人，我既怀疑人鱼故事的真实性，也怀疑人鱼故事的虚假性。

这一刻，我在街上碰到了我失联很久的前女友，她变得比以前好看了很多。她和现男友手挽手走着。我和她打了一个招呼，她说，不认识我。我背对着太阳，决定回家继续写人鱼故事。回到门前，房东已经换了一把锁。

荒芜太平洋

1

老枪问我,知道托尔海尔达尔吗?我点点头说,听说过。老枪说,你听说过的是海尔。

此刻,我们的车停在大涌港的野沙滩。头顶飞过深夜航班。老枪告诉我说,这架是全日航空,要降落在日本的成田机场,这架是联合航空,要穿过太平洋飞到美国去。我说,你怎么知道?老枪说,猜的。老枪又指前指后说,后面是中国大陆,前面是太平洋,这条线一直过去,毫无遮拦,直接干到美国。我说,要干美国了?

老枪点起一支烟说,等等,先聊聊你的事。老枪吐了一口烟说,昨天,我在这个沙滩上,发现一具尸体。我一惊说,这关我什么事？他说，给一百块，我再讲。我说，没钱。他说，那给十块吧。我给了他十块，他说，是猫的尸体。他又问我要了十块，说，骗你的，确实是人。我再给他十块。他说，是假人，塑料模特。我继续给他十块，他说，不开玩笑了，确实是真的人，死在了那个沙滩上。我把剩下的五十都给他。老枪拿过钱说，都是我瞎编的。老枪又点起一支烟说，好了，这九十块就先还给你，还欠你四百一十块对吧？我说，少抽点。老枪说，你是第一个关心我的人。我说，我关心的是我的烟。

老枪又点起一支我的烟，和我讲起了苏伊士运河。我说，苏伊士运河和我的四百一十块也有关系？老枪吐了一个烟圈说，你听着，苏伊士运河之前被堵住了，我一个做外贸的朋友因此生意受到影响，问题的关键在于，这位朋友欠了我十万块。老枪说到这里盯着我，我则惊讶于老枪竟然有十万块。老枪说，他觉得没个把月苏伊士运河疏通不了，我觉得一星期内就通了，我们打赌十万块，结果六天就通了，朋友就再也没有提过这事。老枪说，你看，这十万不知道什么时候能还我，你剩下的四百一十块这种小钱，就先再等等吧。我说，你怎么不打赌一个亿。老枪说，那就实际点，石头剪刀布，五百一局。我说，不来。老枪说，五五开的事情都怕，你还能做什么？于是我们开始石头剪刀布。第一局我赢了。第二局老枪加到一千。我又赢了。我说，不来了，给钱。老枪说，最后一局，胜负局，两千。我又赢了。老枪拍拍我肩膀说，我发誓这次真的是最后一局，不然我明天就被车撞死，生死局，四千。我终于输了。老枪，好了，不欠你了吧，多出来的五百当作利息。

老枪拿起手机，点起我最后一根烟，看着夜空感慨，一千年前他的祖先王翦灭燕亡赵占楚，成为一代名将。而一年前，老枪在五金厂打模具，突然说要去美国，由此成为了大家的一个笑话。只有我没有笑话老枪，且表示去的时候把我也带上。我说，坐偷渡船吗？老枪说，那坐什么？我说，船联系好了吗？老枪说，我还在做。当天老枪就失去了在五金厂打模具的机会。这之后我也只能跟着老枪一起干大事。

此刻，已经退潮，我们下车开挖。

老枪用铲猛戳一把沙子说，干完这一票，想好以后怎么过了吗？

我说，就这样活在这里。

老枪说，我要和你们告别了，真正远走高飞。

我说，去美国吗？

老枪说，去一个没人认识我的地方。

我说，出了大涌港不就没人认识你了吗？

老枪说，你他妈赶紧挖，时间不多了。

2

老枪来盒子酒吧寻找小丽。喝了五瓶嘉士伯，我说，小丽在哪里。老枪说，在我心里。我说，那就是在别人的怀里。老枪又喝下半杯杰克丹说起了爱情故事。初中的时候老枪喜欢小丽，但不敢表白，最终小丽给老枪递了情书，让他转交给同桌大毛。老枪顿时觉得人读到初中就够了。去年，老枪在这里又看见小丽。老枪不敢确定，于是委婉搭讪，姑娘暧昧作答，最终老枪因钱没带够就什么也没发生。老枪说，我对小丽纯粹的爱，你不能体会，我不能体会，小丽也不能体会。我说，这爱情真好啊。老枪朝着我迷糊地笑笑。我说，老枪，喝太多了，我们还要开车去野沙滩。老枪满嘴酒气说，酒吧老板我朋友，他卖的都是假酒，假得酒驾都查不出来，我另一个朋友是做酒精检测仪的，做得酒驾也查不出来，我还有一个朋友是做辅警的，做得酒驾还是查不出来。然后打了个嗝说，所以三位一体，全方位覆盖，喝再多也不要怕。我说，我怕我们喝多了自己开到海里去。老枪摇晃着酒杯说，那不正好吗？一路干到美国。

此刻，驻唱唱完了那些劣质歌曲，服务员在上面大喊自由唱时间大家捧个场，一首五十。老枪顿时酒醒了一半，计算着念道，一首五十，十首五百，一百首五千，我要唱一千首，要发财了。老枪边说边跑上小舞台，拿着话筒，表情迷醉，身体扭捏。所有的旋律都似歌非歌。老枪唱到声音嘶哑，双腿不稳，在那边喊唱着，小丽啊，丽丽，丽丽你在哪里啊。下面一片昏暗。半小时后，我扶着老枪买单。老枪说，我唱了五百三十八首，两万多少来着，别算错了。服务员说，这点时间，唱歌费收你们两百吧。老枪说，你再说一遍。服务员说，两百。老枪挣脱我的双手说，有种你再说一遍，服务员说，两百。老枪指着服务员的鼻子恶狠狠地说，一百五行不行？

我和老枪出来，躺在小奥拓里。从破小的车窗里望出去，大涌港璀璨的灯光若隐若现。老枪侧着头，迷迷糊糊断断续续地念着，一百多年前，英国人看中了大涌港，清政府不同意，英国人就选择了香港。这段破历史，菜场里卖海鲜的都会说，脸上总挂着莫名其妙的自豪和无奈。我爷爷那时也会叼着几块钱一包的烟正儿八经地感慨，我们才是离世界最近的地方，我奶奶听了就会说，抽死了就离这世界远远的了。老枪靠着车窗喃喃地感慨，妈啊，我们差点成了半个英国人啊。说完就睡着了，我也睡着了。我被老枪拍醒，我们的车已经停在了南港野沙滩，周围一片漆黑，但太阳似乎马上要升起来了。

我拿着铲子说，你竟然还能开车。

老枪挖了两铲子，盯着洞说，一天挖一个洞，我估计最多一周。

我说，到时候能拿多少钱？

老枪说，你挖只是为了钱？

我说，你挖不只是为了钱？

老枪说，其实你和其他大涌港的人一样，只看到眼前的利益。

我说，眼前哪有利益？

3

我们绕着五金厂转了好几圈,老枪还翻到墙上看了看。我问老枪,准备杀人还是越货?老枪食指竖在嘴前神秘地嘘一声说,别这么大声。我小声说,那要干什么?老枪一屁股坐在墙边,点起一支烟说,八九十年代,大涌港率先向世界迈进,世界各地无数船只来往大涌港,很多人赚钱暴富很多人破产跑路,更多人被时代裹挟随波逐流。我说,这话什么时候背的?老枪敲敲墙说,这厂当年国有转民营,我爸差点接手。我说,差多少?老枪一愣,思考了几秒,竖起一根中指说,就差这么一点。老枪踩灭第三个烟蒂说,摄像头太多,爬墙不行,保安换人了,靠人脉也不行。老枪略微一沉思说,我心里有ABC三个计划,你跟着我做就行。此时,我和老枪来到大门前敲敲保安室窗户,保安大爷说,什么事?老枪说,谈业务。保安大爷说,找哪个?老枪掏出一根烟递进去,保安大爷大手一挥说,不抽,有事说事。老枪收回烟叨到自己嘴上,又递进去一包烟,保安大爷用手点着老枪说,不收,你就说找谁?老枪掏出一条烟,大爷赶紧出来推着老枪说,我们是正规合法单位，你什么事就说，该开门我就给你开，这样没完没了掏烟，我是不会让你进去的，赶紧给我走。大爷边说边把我们推到了马路对面，然后回头看了看说，年轻人不懂事，你这样拿十条烟都没用，关键啊要走到监控范围外。大爷拿过一条烟，敞开保安服往里一塞说，我看你眼熟，一会儿登个记，进去别干违法事情啊。过了马路，大爷又声情并茂地说教了一番，我和老枪就进去了。

老枪走在厂里说，我爸在这厂里干了二十多年，我也干了好几年，两代人平平凡凡，碌碌无为，时间全部牺牲在这里了。我说，那到底是抢货还是杀老板？老枪绕过厂房说，我在这里结交了三个好朋友，富贵、兴旺和吉祥。我说，这听起来像你爷爷的好朋友，是在里面接应我们吗？老枪说，怎么说话的呢？这是食堂的三条狗，我和它们培养了极其深厚的感情。老枪绕着食堂转了两圈找到了那三条狗。老枪对着它们说，三位兄弟，辛苦了，你们作为这个厂安保事业的核心力量，十年前，摄像头还不普及，门卫天天打瞌睡，全靠你们的犬叫声捍卫了厂子的安全，但老板不是人啊，十几年如一日，天天只给你们吃剩饭剩菜，还要你们干到死。我说，说得真好，有点乡镇干部的感觉。老枪环顾一圈对我说，现在我们实施C计划。我说，A计划和B计划呢？老枪说，这不都实施完了吗，爬墙侦查，掏烟进门。我说，先杀狗，再杀老板？老枪说，一会儿你主打，我掩护。手无寸铁的我说，你确定吗？老枪用力点点头。

在老枪的指挥下，我领着富贵、兴旺和吉祥小心翼翼绕过厂房。老枪则快速走进门卫室和保安大爷热情地聊了起来。我趁机和三条狗溜出了厂子。

老枪经过周密布局，终于把厂里的三条狗给放走了。老枪买了几根火腿肠给它们吃，边走边赶着它们说，走得远一点啊，离开那个狗老板，啊，是猪老板，去追求你们的自由，没什么好帮你们的，各过各的生活，反方向走，就此别过啊。我说，你怎么对狗也能说这么多废话，它们听得懂吗？老枪说，你听得懂就好。老枪拉着我往后退，看着三条狗左顾右盼地往前走。

我们再次漫无目的地从五金厂对面路过的时候，老枪说，在我离开前，我要力所能及地做一些事，不管你们能理解的不能理解的，算是告别，也是了结。此刻乌云密布，我看到对面五金厂门口三条狗摇着尾巴，保安大爷边往里赶边训斥着，不得了啊，还学会跑了，跑出去饿死你们，给我进去，快点！三条狗欢脱地摇着尾巴走进了厂门。

我看着天空说，今天什么时候去挖？老枪盯着厂子大门说，停一天吧，一会儿要下暴雨。关于挖沙滩这件事，我和老枪约法三章，一绝对保密，二利益五五开，三不能单独行动。我们对此都发过毒誓。于是在下半夜，我单独开车到南港野沙滩，下车挖了起来。

4

老枪在他家楼下小卖部买了两碗泡面，分了一支烟给老板说，知不知道人类GHN指数？老板接过烟摇摇头。老枪给他点起烟说，GNP呢？老板吸了一口继续摇摇头。老枪说，GDP呢？老板还是摇摇头。老枪说，UFO呢？老板吐了口烟说，什么事呢？老枪说，门口电动小三轮借我一下。老板说，每天得用。老枪，偶尔晚上用几天。老枪掏出一百压在柜台上说，一点小意思，用一次算一次。老板说，行，提前和我说。老枪继续压着钱说，今晚六点用。老板说，行。老枪依旧压着钱说，是二十块一次，找我八十。老枪夹着泡面和我说，晚上六点你没事吧。我说，我什么时候有过事？

老枪开始整理屋子，想把能卖的东西都卖了。老枪说，到时候我走了，能卖的卖，你要的就拿走，不要的就留这烂掉。我看了一圈说，有什么比较值钱的吗？老枪给我一只搪瓷杯，上面写着大宏五金厂留念。老枪说，二十多年前五金厂搞活动发给我爸的，祖传的，才传了一代，你拿着，再传几代就会很值钱。这一天，老枪在电动三轮车上装了椅子和桌子，还有几十本书，这些书涵盖各个领域，基础物理哲学简史营销技巧优秀作文大全人类未解之谜地方志故事会合订本女性婚姻解析等等。我驾驶着三轮车，老枪坐在椅子上，上面架着桌子，一脸认真地翻着书。我问他为何不在网上卖，老枪说他不相信互联网。我迎着夕阳穿过三条街，老枪说，停停停，就摆在这。我说，门口写着禁止摆摊。老枪说，要用逆向思维，写着禁止摆摊，说明想摆摊的人多啊，但又摆不了，这是稀缺位置，有商业价值。

我和老枪刚停下三轮车，一个老头推着一辆烧烤三轮车就走过来说，走走走。老头盛气凌人。老枪朝我翘翘眉毛，对老头说，大爷，我们不摆，你也不能摆啊。大爷拿着小刀一把戳在砧板上说，你说什么？老枪说，看见后面四个字吗？

禁止摆摊。老头点起煤气灶说，这四个字是我写的。老枪愣了愣，从口袋掏出烟说，大爷，抽一根。大爷瞥了一眼说，戒了。然后掏出一根说，只抽中华。老枪眨巴着眼睛说，那个，来十串羊肉串，十串牛肉串，两个大鸡腿，不要辣的。大爷叼着中华说，特色烤猪蹄不来两个？老枪说，也行。大爷分了我和老枪各一根中华说，我和你们一样大的时候，比你们还冲呢，没事了，年轻人嘛。不一会儿，一个肥胖中年女子拖着拖鞋，边走边喊，死老头，跟你说了几遍了，我家门前不能摆，叫城管。我和老枪在三轮车上啃着羊肉串一脸惊讶，老头扭头对我们说，没事，我姘头，你们继续吃。中年女子尖嘴利牙，破口大骂，众人渐渐聚集，老头低头哈腰，好言好语，最终灭火收摊。临走前，对老枪说，还有五串牛肉串两只猪蹄，你跟着我到解放南路和中山西路的交叉口那个地铁 A 出口还是 B 出口来着旁边白沙农贸市场西门左侧的阿大白斩鸡对面的路灯下我给你烤。老枪拿着鸡腿说,能退钱不？大爷头也不回地骑着三轮车离去。

这一天深夜，老枪拿着铲子说，我已经感到有东西了。

我看着老枪挂在铲子上的破泳裤说，你说的是这个？

老枪将破泳裤扔一旁说，就像人一样，有一种气息在涌动。

我盯着坑说，难道我们在挖人？

老枪说，讲什么鬼故事呢，我们在挖什么你还不知道吗？

我说，你知道我知道？

5

我和老枪去他二叔的地方。我们开着车盘旋在山路上。老枪说，二叔是我命里最重要的人。我说，怎么了，借给你钱了吗？老枪说，能别这么庸俗吗？二叔在我们村里远近闻名，我还很小的时候，逢年过节，家里满屋子都是人，什么村长村支书就别提了，乡里县里领导也很常见，后来市长都去他家拜年，吃的喝的完全不愁。我说，你二叔做什么的？老枪声情并茂地说，那说来话长了，砍竹知道吗，就是爬到十几米的竹子上，给密密麻麻的竹林砍竹，从一棵竹子顶部到另一棵竹子顶部都是"唰"地飞过去。老枪"唰"的时候，一把将我的后视镜打歪了。老枪将后视镜扶正说，号称竹海飞人，这行当现在几乎没有人可以做。我看了一眼依旧有点歪的后视镜说，非遗传承人吗？老枪说，是啊，这属于绝技，但重点是干了没几年就失手掉下来了，年纪轻轻就双腿残疾，生活不能自理，成了著名的贫困户，每次都是慰问残疾贫困群众的重点对象。老枪说，我小时候就已经从我二叔那里拿到了一箱八宝粥，那个时候八宝粥多值钱。

我们的汽车穿过一段幽长的隧道，老枪用手一指说，我二叔就在那个地方。我说，住得也太偏远了。老枪说，是埋在那边。我说，我们这是去上坟吗？老枪说，算是吧。我说，那你不早说。老枪说，怎么了？有区别吗？我说，我还买了香蕉苹果，表示点礼貌。老枪说，坟头供一下不一样吗，二叔吃完我们还可以吃。

我们找了半天，老枪才站立在二叔坟前，双手合十，一脸虔诚，喃喃自语，说完让我也照着做了一遍。老枪吃着供品，凝视了一会儿墓碑说，好像不对，我们上错坟了。我说，凭借你和二叔的感情，名字都认不准吗？老枪说，村里好几个名字都差不多。我说，那刚才白念叨了。老枪说，在天有灵，二叔一定能感受到我们的心意。我说，坟都能上错，二叔要把你带走了吧。老枪说，其实二叔也不是埋在这里，三年前，他失踪了，你说一个双腿没法走的人能去哪里？一个不愁吃喝的贫困户为什么会无缘无故失踪了？当时山里河里全找了也没找到人，唯独隔壁老刘说，那天晚上他看到我二叔独自出门，脚底生风，身轻如燕，往后山的竹林飞窜进去，老刘还跟着他跑了一段，二叔回头告诉他，回去吧，别追我了，然后就像一阵风消失在竹林间。老刘又跑到二叔家里，门还开着，里面的东西依旧，年前的慰问品还在床边放着。我说，然后呢，二叔是装的？老枪说，然后老刘说他的酒就醒了。

上车之前，老枪对着山林和天空，再次双手合十念道，二叔，保重，有缘再见。

这一天深夜，天气晴朗，南港野沙滩上空月色明亮。

老枪拿着铲子看着沙滩说，我觉得有大事要发生了。

我说，我们要挖完了吗？

老枪说，可能已经有第三个人知道我们在挖了。

我说，不会吧，你怎么知道？

老枪说，我们已经被跟踪了。

我拿着铲子悬在半空说，什么人？怎么办？

老枪将铲子使劲戳进沙子里说，杀了他。

6

那天下午,我和老枪坐在跨江大桥上,老枪提着酒瓶望着向东的江水流入大海,突然感慨,大涌港向东,我们向西。我说,你别掉下去了。老枪猛喝了一口说,我和你讲个事情,前几天我一个朋友遇到一个人,说是两块大明元宝卖给他,经过一番研究探讨,最后我朋友花了五百块买了下来,虽然就五百块,但后来发现还是被骗了,五块都不值。我说,你说的这个朋友是不是你自己?老枪说,不是,那个骗子是我自己。我说,你骗人家五百块?老枪说,对,本来说好的一千,讨价还价就变成五百,我现在还差五百。我说,你要去干吗?老枪望着远处说,你知道小时候我的偶像是罗纳尔多,目标想要代表大涌港参加全国青少年足球联赛,但是我没钱,我爸打完模具就喝酒,喝完酒就把我当作模具打,我又不知道我妈在哪,连球衣球鞋都买不起,在家门口拿着捡来的球练,踢碎人家玻璃窗,说要扭送我去派出所,你要知道那个时候的大涌港已经成为世界吞吐量第一大港了,而我还在东躲西藏。

老枪的话让我不禁想起往事，大涌港吞吐量全球第一的时候，全市媒体都在反复报道，我奶奶躺在病床上喃喃地说，这吞吞吐吐第一名有什么用呢？我爷爷边抽烟边咳嗽说，没有港口就没有大涌港市，也就没有我们。我奶奶说，没有我才没有你，抽多了吧。

老枪继续说，现在我姑姑的儿子也想要代表大涌港参加全国青少年足球联赛，这是我们家祖传的体育基因，但是同样祖传的还是他爸喝酒他妈不知道在哪，这是祖传的理想和贫穷，就一千块，我资助我侄子完成梦想。我想了想说，老枪，我觉得你可能没有姑姑。老枪将酒瓶扔进江里说，行吧，前半部分是真的，后半部分我编的。我说，我就随便说说，你这么快就承认了，但我觉得又像真的。老枪揉揉脸说，你别纠结了，然后指着右前方说，看见顶楼的威斯汀餐厅吗？大涌港最贵的楼顶餐厅，俯瞰整个大涌港，人均消费两千，我想在走之前去体验一下，做一回真正的大涌港人。我说，大部分大涌港人都没去过那边。老枪说，这说明大部分大涌港人都不是真正的大涌港人。我说，说得我也想去试试。老枪说，挖完后，钱还算钱吗？我说，那一起去吧。老枪说，要付现金才有感觉，叼着雪茄，摇着现金，我三舅当年就是这样。我说,三舅也失踪了吗?

我取出现金,老枪又帮我点了一遍,装进兜里说,算我请客。我和老枪走进了威斯汀大楼。老枪踩着大堂地面中间那个花岗纹大圈说,就是这块地方,我奶奶家拆之前就在这个圈内,头上对着的就是威斯汀顶楼餐厅,估计就是贵宾座的位置,我奶奶当知青前一直住在这,黄金地段,就在这个花岗纹圈里吃饭睡觉生活了十多年,算了,你不懂,电梯在哪?

我和老枪坐在威斯汀顶楼旋转餐厅,喝了酒,抽了雪茄,吃了一些我们叫不出具体名字的东西,餐厅转了好几圈。我们从不同的角度俯瞰了大涌港市,没有发现具体的区别。夜幕深沉,灯光璀璨,一切都在不停地重复。老枪上厕所的间隙把单买了,我们晃晃悠悠地坐电梯到楼下,老枪说,不多不少刚好一个人两千,我在电梯旁看见促销海报写着,周二自由吃,人均三百封顶。我问老枪,今天周几?老枪摇头晃脑地说,我已经不记得日子了。

我把摇摇晃晃的老枪送到家,然后回家躺了很久,一直没有睡着。我在想要不要去南港野沙滩,思考到后半夜,还是一个人去了那里。我没有开车,只带了一把铲子,小心翼翼地去看看情况，然后决定挖不挖。在明亮的月光下，我看见老枪一个人用力地在沙滩上挥舞着铲子。

7

晚上十点多，阿强排档生意火爆，屋内外人声鼎沸，我和老枪已经坐到了外面的拐角处。

老枪拿着啤酒瓶说，今天来这里吃夜宵，其实也想解决一件事。我说，什么事？老枪打了一个嗝说，十多年前，我犯过罪。我说，杀过人？老枪想了想说，专业点说法叫，违背妇女意志。我说，靠，强奸？老枪说，别乱说，那时候，小真不是喜欢我吗？她约我出去，主动牵我手还要我亲我抱，我强行推开，并且义正言辞地告诉她，我不喜欢她。她回去哭哭啼啼告诉她哥，说我欺负她了，按照现在的话，也的确违背了妇女意志对不？她哥找了几个人二话不说，就把我打了一顿，打得我天崩地裂，跪地求饶，不敢吱一声，这是我人生中最惨烈的一次挨揍。我说，现在你要去报仇了？老枪感慨一句，唉，都已经过去十多年了。我说，那不就好了。

老枪说，君子报仇，十年不晚啊。我说，喝完酒就出发？老枪说，她哥就是阿强，这家夜排挡的老板。我说，一会儿就动手？老枪说，我观察过了，这局面，虽已时隔十年，但动手依旧打不过。我说，那再等十年？老枪说，你傻啊，就不能智取？我说，比起智取我们更擅长直接动手。老枪说，你看着就行，今天放开吃，来，先干一杯。

我和老枪红着脸你一杯我一杯，海鲜壳堆了半张桌子。老枪晕乎乎地提高声音，拍着桌子说，我们现在是不是干得过美国了？二楼居民打开窗户喊，几点了？吃就吃，轻一点行不？老枪降低声音问，几颗原子弹能炸平美国？老枪和我讨论了很久的国际形势与民主自由。桌上的盘子全空了。我说，还不报仇吗？老枪说，别急，现在就开始。说完老枪涨红的脸部横肉凑成一团，使劲从头上拔下一根头发，放在一个空盘里，盯着它说，看好了，今晚我吃定了阿强。老枪叫了半天的服务员，结果那边忙得没人答应，二楼的窗户再次打开，上面还没开口，老枪连连道歉。老枪点起一根烟，端起放着一根头发丝的盘子，刚起身，服务员就带着抹布匆忙跑过来，三秒时间把我们桌上的海鲜壳清理干净，又一把抢过老枪手中的盘子，连同所有的碗盘全部叠加。老枪摇晃了一下说,小妹啊,你这是干什么呢这么积极?服务员说,大哥,我是男的,我们人手不够,来不及。服务员端起叠加的碗盘准备走,老枪说,放下放下,阻碍我干大事是不?服务员盯着老枪一脸纳闷。老枪趁着酒意,猛推了服务员一把,结果服务员纹丝不动,老枪没站稳,往后退了两步,把我们的桌子给撞翻了,服务员上前要扶他,老枪拿着空酒瓶站起来说,别过来啊,过来我不客气了啊。对峙了几秒,突然转身撒腿就跑。

我打电话给老枪,一直无人接听,于是回家睡觉。醒来的时候已经是两点半。我想起那晚老枪一个人在沙滩挥舞着铲子的场景,于是穿好衣服,又来到了南港野沙滩。我在附近观察了很久,野沙滩上空无一人。我拿起铲子挖了几下,手机铃声响起,老枪来电。

老枪说,怎么样,酒醒了吧。

我说,早醒了。

老枪说,这一顿吃了有一千多吧,算了,就当阿强请客,这仇算报了。

我说,六百多块,我把单给买了。

老枪顿了两秒说,你现在在哪?

我打了一个哈欠说，在家里，马上睡了。

老枪换了一个语气说，我发现野沙滩有人在挖东西，你马上过来。

我说，你在哪？

老枪说，就在那个人旁边。

8

我们坐在楼顶，眼前是灯火通明的涌港。我在吃泡面，美军运输机的轰鸣声从老枪的国产劣质手机里传出来，夹杂着野牛乐队的歌曲，滥俗无比。老枪说，再最后看一眼大涌港。旁边的水泥围栏上，老枪用油漆写着"理想根据地"，旁边还斑驳地写着"此处禁止小便""阿美小贱人""涌港是我家，清洁靠大家"，"大家"被划掉改成了歪歪扭扭的"你妈"。楼下大爷的老头汗衫还挂在那里。在破汗衫迎风飘荡时刻，老枪思考了一番，表示国际形势波谲云诡。"波谲云诡"这四个字老枪记了很久，经过了长时间的"波云诡异""波危橘异"等各种念法之后，终于记住并且运用上了。

老枪开始针砭时弊。半支烟的工夫，已经骂完了美军和塔利班，猛吸一口又骂了北约，剩下的半支烟里，骂了清政府和英国人，最后踩灭烟蒂骂几句香港。老枪面对彻夜不停的大涌港啜了我最后一口泡面，深情又做作地说，我有一个梦想。我说，要当马丁·路德·金了吗？老枪说，谁是马路丁德金？我说，你继续。老枪说，确切说我有一个新计划。我放了一点音乐，是皇后乐队的《我要挣脱束缚》，之后又放了涅槃乐队的《照你的样子来》，手机差了点，但十分应景。我说，怎么不说话了？老枪凝重地说，有没有伍佰？于是我放了一首伍佰的代表作《突然的自我》，老枪的审美还停留在上个世纪的港台风。听完伍佰，我问，到底什么计划？老枪依旧凝重地说，我说的是，有没有五百？

我假装摸口袋，老枪说，口袋都没有你在摸什么？我说，别人问我借钱，我本能反应这套动作来一遍。话音刚落，两个警察带着一个姑娘上来了，义正言辞地告诉我们，偷看对楼的姑娘洗澡。这令我们很遗憾这么久竟然一直在看涌港。我们百口莫辩，站在这里看大涌港这个理由太过牵强，如果再加上对着大涌港谈论历史和梦想，那就更离谱了。这种情况下，我们下了楼。老枪开始讨价还价。老枪说，五千真的出不起，看我长相也不像有五千的人，但看你长相给两千五，不过我们都是近视，稍微再打个折，一千八。此时，我们一起坐着警车到了大涌港派出所。跨进派出所大门的时候，老枪和我说，计划保密，不要乱说。我说，你得先和我说计划，我才能保密。老枪说，这样的场合，大事先放放。然后坐下说，对了，你也加入牛皮士吧，我已经加入了。我说，什么是牛皮士？在"为人民服务"的大字前，老枪叼着烟说，我刚想出来的。

那一晚出来后，我和老枪一起抽了两支烟。老枪看看深黑的天空说，你说，你是不是真的已经看到了那个姑娘在洗澡，然后还假装和我谈历史梦想？

我说，有没有一种可能，她就看到我们对着她的窗户，她根本就没洗澡，只是突然想到讹我们一笔？

老枪说，也有可能她的确要讹我们一笔，但也确实脱了洗澡了，故意给我们看。

我说，有没有可能她不是一个女的，就是长得像女的。

老枪说，有没有可能我们的确是看到了，当我们看着那灯火通明的一片，她就是灯火通明的一部分。

我说，有没有可能我们也是灯火通明的一部分？

老枪踩灭烟蒂说，回家？

我说，回家吧。

这一次，我在太阳快要出来之前去了南港野沙滩。此刻的沙滩上围了一群人。

一条巨大的抹香鲸搁浅在沙滩上。围观的人说上次抹香鲸在这里搁浅已经是二十多年前了。比抹香鲸搁浅更不可思议的是这次还发生了鲸爆，现场一片狼藉，刺鼻的味道还飘在空中。此刻太阳已经露出海平面，温和的阳光照着猩红模糊的野沙滩，陆陆续续有更多的人赶来，也出现更多的传言，有说这条抹香鲸之前吞了人，在鲸爆现场发现了人体残肢和器官，有说这可能不是人，也许是海里的类人鱼怪，也有说一位妇女在那里发现了她失踪多年的老公的金链子。当太阳变得耀眼，南港野沙滩人声鼎沸，搁浅抹香鲸鲸爆事件成为头条之时，我吸着腐烂的气味才意识到给老枪打电话，但一直没有人接听。

复活节岛计划

1. 我

我决定去复活节岛,去看看那些神秘的巨石像,顺便在圣地亚哥卖一辈子的鸡蛋饼。

这一天我计划早上九点起床,但是六点半就被楼上的电钻声吵醒,所以我注定不是早上七八点钟的那类人。我下楼去买包子,老阿姨说,五块两个,我说能不能十块五个。老阿姨说,你这是多久没有吃早饭了。我说,五年了。老阿姨说,就这一次,算便宜你了。掀开蒸笼,我发现一只包子有三个拳头大,我说,还是买两个吧。老阿姨说,下次别让我看到你。我说,除非你瞎了。老阿姨毫不犹豫从店面里窜出来,我提着包子夺路而逃。

我是一名"世界神秘地区研究者",专门研究世界上各种稀奇古怪的地方,唯一不了解的就是我家周围两公里。于是我叼着包子跑进了一条死胡同。我舒了一口气想,多大点事,跑得也太夸张了。我整整衣服,一抬头发现老阿姨站在我面前。从一开始要把我揍死到骂我几百遍直至最后和我大谈人生道理,我前后花了半个小时才把老阿姨支走。

作为一名"世界神秘地区研究者",我靠着兼职超市售卖员、酒店传菜员攒了三万块钱。在我研究的地区里,唯一实地去过的地方是离我们这里三十公里远的南宋摩崖石刻群,我花了一百五十块在那边看了大半天,对旁边大爷卖的茶叶蛋留下了深刻印象。

复活节岛是一个神秘又真实存在的岛屿。从上海起飞经纽约到达智利的圣地亚哥,再从圣地亚哥坐五个小时的飞机就可以到达南太平洋的这个小岛,费用大概五万块,这包括我在圣地亚哥卖鸡蛋饼的成本。这种神秘的真实感,让我惊喜又失落——就算倾家荡产我也只有两万多块。

我走出死胡同,太阳已经很高了。我爬上了一辆公交车。公交车朝着和太阳相反的方向摇摇晃晃地开去,让早醒的我开始昏昏欲睡。

2. 猛哥

我在猛哥的工地吃了半个小时的灰尘,终于和猛哥说上话了。我不能和他说,我要去复活节岛还差两万块。猛哥作为一名工地施工人员,根本不知道复活节岛,就算知道也会叼着劣质烟说,我日了你×,去这破地方还需要这么多钱。猛哥去年报了一个夕阳红老年团,去柬埔寨吴哥窟旅游,是人生中唯一的一次出国旅行。回来和我说,这破地方全是一大堆破石头,不停地和我形容这石头有多大有多破,还他妈都不是混凝土的。

猛哥坐在砖头上,分给我一支烟,我看了一眼,还没开口,猛哥就拿了回去,叼到了自己嘴巴上,说,来找我什么事?

我说,我要结婚了,还差两万块钱。

猛哥将烟翘到四十五度,看着我说,几号?

我随口编了一个日期说,下个月九号。

猛哥吸了一口烟说,你就不能省省,省出这两万块吗?

我说,我已经省了很多了,实在不能省了。

猛哥说，不会你一共就花两万块吧。

我一脸尴尬地说，猛哥，我明年就还给你。

猛哥一把掐灭烟头说，操，明年？然后摸了左右口袋，摸出一千块钱塞到我手里说，这钱你拿着。

我正想表示这才一千块，猛哥想了想，又迅速抽回两百块说，给我留点生活费。

我说，猛哥，我要不年底就还给你。

猛哥摆摆手说，八百块，不用还了。

我说，猛哥，这婚姻是人生大事……

猛哥又掏出一根烟说，那行吧，年底还我。

我拿着八百块，看着猛哥在灰尘飞扬的工地忙了半天。猛哥曾经爬上楼顶带头讨薪，凭借这一壮举，成为了搬砖界的带头大哥。只要一个电话，一下子能叫来上百个工友。

阳光直射在头顶的时候，猛哥拿着铝饭盒坐在我旁边扒着饭。我把八百块钱还给猛哥，说，生活不易，钱你还是拿着吧。

猛哥二话不说接过八百块塞到裤袋里，然后看了我一眼，递给我一份盒饭说，来来来，一起吃点。

我打开饭盒，猛哥从自己地方夹了两片青菜给我说，这是猛哥的一片情谊。

我又夹回去一片青菜说,情谊感受到了。

猛哥将我夹回去的青菜叼到嘴里说,我跟你说,我结婚的时候只花了八百块。

我拿着盒饭说,原来你也有老婆?

猛哥拿着饭盒像拿着砖头一样看着我说,你再说一遍。

我说,告诉我怎么用八百块钱娶老婆。

猛哥扒了几口饭说,这八百块还是路费,我坐火车回老家,和她领了一个证。

我不知道说什么,我家就在坐公交八站就能到达的地方,公交费两块钱。我想了会儿,如果没有一万块,借个几千块也可以,到时候再问其他人借点。

我把饭盒递给猛哥说,要不一万五?或者一万?

猛哥拿着饭盒说,去年工地的钱还没给,我还想着再去楼顶搞一次。猛哥说到这里叹了口气说,但是老板说了,该给的肯定给,上楼也没用,你要跳就跳吧。接着又扒了几口饭说,上个月,我就刚去过楼顶,站了大半天一分钱没拿到还损失了一天的工钱。

我也不好意思再开口,于是拍了拍猛哥的肩膀说,没事,我自己会解决。

猛哥捧着饭盒说,咱们还是兄弟吧。

我站起身拍拍屁股说,当然是兄弟。

猛哥也站起身说,那下个月九号我一定来。

3. 呆瓜

我在三百米远就看着呆瓜笔直地站着。呆瓜在市区最豪华的住宅区做保安。每天的工作就是笔直地站满八小时,其他什么事情都不用做,工资比坐在门岗里的保安每个月多五百块。我走到呆瓜身边,呆瓜一动不动地看着我。

我绕着他走了一圈说,累不累呢。

他说,在工作呢。

我推了他一把,他轻微晃动了一下说,干吗?

我说,站得很稳啊。

呆瓜说,不稳哪来的钱。

我就在呆瓜旁边坐下。我刚好坐在呆瓜的身影里。我说,我女朋友的大姨妈的小女儿的同学告诉我,我女朋友的大姨妈的大女儿……

呆瓜听了我的话，忍不住动了一下说，你再说我喊我同事了。

我说，长话短说吧，我女朋友的大姨妈的大女儿，得了一种病，名字我忘记了，前期就需要三十万的医药费，女朋友的大姨妈的大女儿也就是我女朋友的表妹对吧，也就是我未来的表妹，如果我不帮助她的话……

呆瓜上身没动，下身用脚踢了我一下说，没看到我在上班吗？

我说，你别这样，三百米远就看到了。

呆瓜说，能不能等我下班再说？

我说，三十万，我也出点绵薄之力，拿出两万块意思意思，下半年我就给你还。

呆瓜说，你有女朋友了？

我的确没有女朋友，但是我不屑地说，都快结婚了，都快是一家人了，我怎么能见死不救？

呆瓜面无表情地看着远方说，我一个月三千块，上个月才上班。

呆瓜这辈子啥都不会干，但是傻站着的功力很好。上一份工作是扮演铜人雕像，就是化妆成铜人，去商店门口一动不动站着，能站一上午，老板对此非常满意。后来去参加了发呆比赛，谁一动不动发呆最久，谁就能拿到三万块奖金。任凭旁边的人怎么讲笑话，呆瓜凭借自己的发呆功力呆了七小时，打破了吉尼斯发呆纪录，勇夺冠军，这一部分源自于天赋异禀，另一部分是因为呆瓜听不懂那些笑话。

我想了想说，上次发呆比赛的三万块奖金呢？

呆瓜说，到手只有一万五。

我说，真他妈黑啊，那……那一万五呢？

呆瓜说，还有更黑的，我发现证书上写的是，古尼斯发呆大赛冠军。

我说，真他妈太黑了，那……一万五呢？

呆瓜看着远方说，队长来了，别说了。

我站起身说，借两万块一年后还三万块怎么样？

呆瓜看着不远处的队长说，那借一千块，你还我一千四好了。

我说，信不信我在你队长面前胡编乱造告你状？

呆瓜突然大喊，抓贼啦……

4. 大哲

大哲和我同龄,但是看上去长得像我爸。我坐在他充满假古董的办公室,听他背古诗词。他背的古诗词单句我还听得懂,连起来就不知道是什么意思了。比如,此刻正坐在我对面瞎念叨:风萧萧兮易水寒,壮士一去兮不复还。正是江南好风景,落花时节又逢君。明月好同三径夜……我想,没文化的人都喜欢这样,各种不属于这个年代的物品一应俱全,假装自己还活在某个朝代,和我们二十一世纪的人们有着很大的区别。

我喝了一口大哲给我泡的源自云南某个地方某个小山头的茶说,好好好,很好。

大哲是"中国大陆华东文化浙南片区南北朝时期哲史文学研究中心首席专家",这种一个头衔在名片上需要分两行印刷的人,是我这个"世界神秘地区研究者"也是望尘莫及的。

大哲点了一支香,问我知不知道这种香,得知我不知道之后,给我讲解了半小时。在他将话题从印度的一个什么邦回到长三角的时候,我及时打断了他从长三角再度回到印度的趋势。

我喝了一口茶说，今天来找你，有件事想和你合作一下。

大哲不慌不忙地盘着手中串说，我们从小一起长大，你的事就是我的事，还记得二十年前我们在河边一起玩耍吗？

二十年前的确有一件事令我印象深刻。那一天天很蓝，我和大哲喝着汽水，挂在一棵大树上谈论理想和梦想。

我扶着树杈说，我要去北京，天安门广场，用相机咔嚓咔嚓。

大哲说，我早就去过了。

我说，那上海呢，东方明珠塔。

大哲说，我爸早就去过了。

大树下的几个小朋友全都"哇"的一片。然后大哲的爸爸就挑着一担粪走过来了。

我正想说，大哲，你爸来了。

大哲突然开口说，赵挺，你爸来了。然后一溜烟就跑了。

二十年后，大哲就这样点着香品着茶盘着串坐在了我面前。我想再过二十年，大哲如果还活着的话，肯定依旧在这里坐着，说着差不多的话。而我二十年后，说不定已经弄明白了复活节岛上那些巨石像是怎么来的，就算弄不清楚，我也已经在热带的圣地亚哥卖了二十年的鸡蛋饼了，成了当地的一大特色，我也学会了南美探戈，操着一口西班牙语，在野球场和他们讲讲关于鸡蛋饼的故事。这一切总比待在这里研究世界神秘地区好一点。

关于眼前这个脑满肠肥的同龄人，我不知道应该再和他说点什么。大概只有扯淡才能让我们的对话继续下去。

我说，我不是有个世界神秘地区研究中心吗？那个，想和你合作一下，哦对了，我是中心的主任，我们一起搞一个网站，那个……

大哲微笑着说，好好好，那个名字呢就取我头取你尾，叫中国大陆神秘地区研究中心。

我愣了一下，心想，瞎编的事情果然很不靠谱，我尴尬地说，我那个本来是叫"世界神秘地区研究中心"……

大哲又掏出一把扇子，摇了几下说，你知道这个扇子……

我想如果我说不知道，大哲的话题又要飞到好几个朝代以前，于是说，我知道我知道。

大哲品了一口茶说，你倒是说说看，

我说，这个一会儿再说，我们谈谈合作。

大哲说，怎么合作？

我直截了当地说，我们各出两万块，先把这个网站做起来。

大哲摇着写满了古诗词的扇子说,我可以技术入股。

我心里一惊,说,这不需要技术。

大哲眉头一紧说,我干的都是技术活。

我说,做网站这种技术活,我们找人去做。

大哲说,也可以,你什么时候把钱打过来,我找人去做。

我说,大哲,你这是不相信我吗?

大哲说,我只信佛。

5. 东老板

我坐在一百多平米的办公室里,巨大的落地玻璃外云雾缭绕。东老板抽着雪茄,把弄着古玩,另一个朋友将保时捷车钥匙放在桌面,两个人开始聊天,然后讨论起了中国的宏观经济调控,分析了世界经济形势,预测了下一次的金融危机、通货膨胀、CPI、PPI……而我突然想起家里的那辆电动车电充满了插头还没拔掉怎么办?

我还没来得及插上话,又被东老板他们带到了外滩的酒吧。东老板和朋友们的保时捷、玛莎拉蒂就停在酒吧门口。中间还夹杂着我借来的那辆国产二手车。

保时捷哥表示,之前的朋友在北京搞了一个会所,好几个亿,凭借身份进入,那是全国少有的几个顶级会所。

玛莎拉蒂哥也表示,自己的朋友也是搞企业的,闲置资金大概五个亿左右,这资金不是问题,关键得看什么项目。

东老板不停地点头。他们说的数字,我只有在数学课本上才看到过。但是大家都说了一圈,我好像也应该说点什么。每个人的朋友都这么厉害,我最厉害的朋友就是东老板了,所以我就开始瞎编。我说我有一个朋友大概有六个……话没说完,路边就有交警来贴罚单了。交警走到东老板的奔驰前,我赶紧说,交警来了,快把车开走。我边说边赶紧出门,然后跳上我的那辆二手国产车,最后徒步一公里走了回来。

等我回来发现,那三辆豪车还是纹丝不动,都被交警贴上了罚单,三个人依旧在淡定地聊天。我走过去坐下,保时捷哥问我,你刚说你朋友他大概有六个什么?六个苹果还是六个橘子?

玛莎拉蒂哥笑着说,六个老婆?

我觉得他们在嘲笑我,明明知道我想说的是六个亿。

东老板淡定一笑说，他那朋友，有六个顶级会所。

他们又开始插科打诨地谈论起各种跑车。比如阿斯顿马丁D89邦德限量版的价格，甚至谈到了D89前避震的顶端拉杆和车子弯道行驶稳定性的关系。

我他妈的一公里外二手国产车的空调怎么开都还没搞清楚。

我想找个十秒钟直接开口和东老板谈一下两万块钱的事。结果又被他们带到了一个豪华饭局。

他们竟然拿着红酒杯讨论起了民主。

东老板眼神迷离说，托克维尔当年到美国考察刑法的时候……酒桌上顿时传来，来来来，感情深，一口闷！

东老板继续说，克托维尔当年去美国考察监狱制度的时候……酒桌上又传来了，来来来，酒水足，全是福！

东老板摇摇晃晃地说，维克托尔当年去美国考察民主制度的时候……

保时捷哥一饮而尽拿着空酒杯说，维托克尔当年去美国考察民主制度的时候是我接待的！

我听了半天，始终无法确定这他妈说的到底是一个人还是四个人。

饭局结束后,我扶着东老板出来,找了半天的钥匙孔,东老板含糊地告诉我,这车是无钥匙启动。我开着豪车把东老板送回去。我终于找到了机会,我说,东老板,我有点急事,能不能借我点钱。

东老板躺在后面说,不管什么事,你说。

我说,两万块,年底还你。

东老板躺在后面哈哈笑了一声说,两万块,你这是在侮辱我啊。

我说,东老板那你是答应我了吗?

东老板躺在后面没有了声音。

我说,东老板,前面路口左拐右拐还是直行?

东老板依旧躺在后面没有声音。

我说,东老板,你还活着吗?

东老板面朝天窗一动不动。

6. 小妹

快要十二点了,我找到了小妹。小妹站在昏暗的路灯下,看起来特别漂亮，但是我从来没有喜欢过她。可能我并不知道喜欢是什么。我只有对小妹才能直截了当地说。我告诉她，我想要去复活节岛。这个岛屿在南太平洋，三百多年前才被荷兰探险队发现，岛上有六百多个神秘的巨石像面对着太平洋，这些巨石像年代久远，至今没有人知道它们是怎么来的，它也是世界上最偏僻的岛屿。现在我要先去上海再到纽约接着到圣地亚哥最后到达那里。我要亲眼见见这个岛屿的巨石像，也许我会发现点什么，这是不是一件特别酷的事情？

小妹吃完最后一根奶油棒冰，看着我说，你不喜欢奶油棒冰吗？

我拿着小妹给我买的不断融化的奶油棒冰吃了一口说，你说这件事酷不酷呢？

说完我拿着棒冰又让她吃了一口，她开心地笑了笑说，很酷。

我继续拿着奶油棒冰让她吃，她边吃我边说，我还差一万块，能借我吗？

小妹一口咬光了奶油棒冰，看着我说，当然没有问题。

我说，行，明天能给我吗？

小妹说，但是你要答应我一要求，你能亲我一下吗？

我说，行，亲两口吧，买一送一。

小妹笑着说，那我还有一个问题，你为什么要去复活节岛？

我说，刚才都说了，你不觉得很酷吗？

小妹转了一下大眼睛说，那我觉得你应该做更酷的事情。

小妹告诉我，像我这么酷的人，应该去比复活节岛更酷的地方，那是一片大陆，名字叫亚特兰蒂斯，它在欧洲的直布罗陀海峡附近，在柏拉图的《对话录》中就已经被记载了。

我想了想说，需要多少钱？

小妹说，两万块。

我说，我一万块都没有。

小妹说，我给你呀。

我说，需要亲几下呢？

小妹说，一下。

我就迅速地亲了一下她。

她看着我说，一下一年。

我说，像我这么酷的人，一秒就是一年。

小妹说，那你喜欢我吗？

我说，喜欢。

小妹说，有多喜欢？

我说，喜欢复活节岛一样，哦不对，像那个亚什么一样喜欢。

小妹笑着说，你做好攻略，我给你钱，到时候一起去。

我说，那个地方叫什么来着？

小妹回头笑着告诉我，亚特兰蒂斯。

7. 我

我是不知不觉就睡着了，醒来时床边的笔记本电脑还开着，我动了一下鼠标，屏幕上还留着我昨晚做攻略的界面。我昨晚搜了亚特兰蒂斯的攻略，没看多久就昏睡过去了。我拉开窗帘，已经中午十一点多，一道刺眼的阳光直射进来。我重新坐回床上，捧着笔记本电脑盯着屏幕。

这是一个由十个国家组成的联邦，分别由十个国王统治，五年进行一次换届会议，文化、经济、科学、艺术高度发达，人们不需要读书，可以从特殊装置中吸取，但是伴随着高度的文明，人类的欲望使亚特兰蒂斯渐渐腐化……

我越来越觉得不可思议。于是直接打开订票软件，输入上海到亚特兰蒂斯的航班信息。软件出现一行提示：您输入的目的地不存在，请更改后再试。

我在充满阳光的房间里晕眩着拨通了小妹的电话。

我说，你告诉我亚特兰蒂斯在哪？

小妹说，我家。

空白之年

1

在这个夏天以前,我有很多羞于启齿的理想和情怀。和女朋友一起看莫奈画展,用披头士的唱法嘲笑皇后乐队,关注人类登陆火星计划,讨论量子力学和民主自由,搜集东南亚失传已久的民谣,前往地图上未标明的地方。

现在,这一切已经没有了。我每天的生活规律且毫无想法,除了腰间还没有挂起一串钥匙。我坐在陈旧的电脑前,在刺耳音箱和低劣画质中抵御着阿海对我的虚拟城市疯狂进攻。游戏是上个世纪九十年代制作的,阿海是每天攻打我的唯一敌人。

此刻,我妈已经做了清蒸小黄鱼和糖醋排骨。我们边吃饭边聊天。我妈照例回顾过往。她曾在我小时候开了我们这个城市第一家洗衣店，很小的我还帮她想了一句广告语：洗去一路铅华，荡涤一路尘埃。她为此大为赞赏，而我是从一家浴室的外墙上看来的。

她大概在厨房的时候就在讲过去的事了，那个时候我用Windows97系统经营了三天的城市刚被阿海摧毁。我妈用筷子挑了几下小黄鱼的肉，表示很新鲜，然后说，那个人留着络腮胡，所以我印象深刻，现在想起来，和平常人的确不一样。我吃了一块糖醋排骨说，有什么不一样？她问我，好吃吗？我点点头。她说，那个时候是六月份，他拿来一件厚夹克，大热天谁会穿这种衣服？你会穿吗？我啃着第二块糖醋排骨说，我？可能会啊。我妈也夹起一块糖醋排骨说，那厚夹克一看就是刚穿过不久，这个我有经验，新污渍旧污渍看一眼就知道，什么样的人会在六月天穿厚夹克？我说，我这样的人。她咬着糖醋排骨白了我一眼说，呀，没熟啊，里面还有点红，你吃了两块不知道？说完就拿回去再煮一下。我说，我都快吃完了。她说，别急，新鲜小黄鱼这次吃完就没了，天热了，禁渔期开始了。作为沿海城市的人，夏天闷热又没有新鲜海鲜，就会更加无聊。我妈第二次将糖醋排骨拿到桌上的时候，我又坐在了那台旧电脑前。她看看我，又看看时间，急匆匆扒了几口饭说，我也来不及了。我问她去干什么。她说，一楼左右对门吵架了，我去调解一下。我也没问她为什么吵架。她一边收桌一边说，左边的长期在门口放了好几双旧鞋子，超过了两块地砖的面积。当初大家商量好，虽为公共区域，但是每家使用权为门前两块地砖面积，丝毫不能逾越。左门的说，我家门前这两块地砖少了两厘米，我卷尺当你面给你量过了。右门的说，当初不以尺寸为标准，就说以地砖块数为标准。他们时不时转头，让我评评理，发出"评评"两字时将不少唾沫飞到我的脸上，没等我开口，他们又对着脸继续争论，那次没调解好，这次再去。

在这个期间，我已经开始在电脑上写了好几百字。我的写作能够治疗很多人的失眠焦虑。我的成名作是《一个人坐在那里》，单纯写一个人坐在那里写了三千字。虽然没有人赞赏，但幸好还有人骂。渐渐地从骂声中回归理性，从而发现了实用价值，号称每句话甚至每个字都能击中睡穴。我每日必更，以此为业。我妈出去关上门的瞬间，我打了一个哈欠，她突然回头和我说，一会儿我回来和我一起剥荷兰豆啊。我妈关上门后，我面对着门，突然觉得她又变老了一点。门上似乎出现她开洗衣店时候的样子，果断干练，雷厉风行，在我嗷嗷想吃肯德基的时候，她一边忙活一边扔给我一些钱，让我别妨碍她做事。我盯着的门突然又被打开，她看着我愣愣的眼神说，荷兰豆我还没买，你要不要吃，不要吃我不买了，你要和我一起剥的话，我就去买一点。我说，吃，剥，买吧。门又被关上了，我盯着门影子还没出现，又被打开，她说，刚没完全关上，能推开，我关重一点。

当我写完《一个人坐在那里》的时候舒了一口气，八千多字描述了一个人如何坐在那里。这时候我妈还没回来，我则去了开明街。在那棵百年银杏树下看了一会儿，树上果然刻有一行很不明显的"傻×到此一游"。一周前我在一个荒废的音乐网站里认识一个人。一个没人的世界里突然有人和我说起了话，就聊了起来。我们聊了很多时事政治，中外艺术，前沿科技，海洋文明，宇宙奥秘，最后他问我是哪里人，我告诉他，在宁波，我问他哪里人，他就让我来这里看看这棵百年银杏上是否有这行字。

这一天晚上，我用破旧电脑在过时的网站和他说，这也不能说明你就在宁波。

他回复我，那你继续猜。

我说，你不够坦诚，我都告诉你了。

他说，生活这么无聊，玩个游戏。

我说，你不会认识我吧？

他说，你知道的。

我说，留个手机号码，有空可以见面。

他说，说不定已经见过了。

我说，要假装和我认识？

他说，那假装和你不认识？

我说，你知道我是谁吗？

2

我家附近的河边一位大爷在钓鱼。我就站在他旁边看了一会儿。浮标动了一下，我说，有了有了。大爷看了看我突然起身，边走边说，厕所在哪？我说，后面两百米。大爷回头叮嘱我一句，帮我看着点。我握住鱼竿说，没问题。几秒后，河道管理人员指着我屁股下的牌子说，写得很明确了，禁止钓鱼，违者罚款两千。我起身，看到牌子被大爷当作坐垫。

他们还说，这块牌子五百块。我说，你等等，我路过的，真正钓鱼的人去厕所了。秉公执法的管理人员等了半小时，大爷没过来，到厕所里也没找到人。

这时候，面对执法人员，我收到了阿海的电话。我打开免提，里面传来阿海专业的分析：你这次建的还是有问题，最外围应该安排一圈电磁炮，后面安排机枪手，机枪手必须两排，可以保持不间断攻击，再后面就是猛禽坦克，坦克后面你应该挖一条河啊，河里布置水雷，河对岸要建大堡垒，堡垒上应该设置狙击点……此刻，我盯着执法人员，执法人员也盯着我，河面波光粼粼，偶尔有鱼跃出水面。

今天我妈做了青菜炒茭白和油煎带鱼，她问我油煎带鱼咸淡是否刚好，我说很好。当我回过神来，她刚好讲到，那衣服的款式和料，我一看就知道，不是那时候的一般人能穿得起的，不是老板就是有其他身份的人，但是拿来衣服的是个黑不溜秋的身高不到一米六的小老头，这衣服和他气质不配，尺寸也不配，你说这是谁的衣服？我说，这不就我的吗？她翻了翻油煎带鱼说，现在已经没有新鲜的鱼了，这带鱼是冷冻的，冷冻的只能油煎。我快速吃完饭，坐到了电脑前。我妈又把我拉回到餐桌前，说有重要的事情和我说。她告诉我，吃饭一定要慢，尤其吃鱼的时候，鲈鱼雌鱼这种骨头细小的还好，要是带鱼鲳鱼这种骨头那就完了，小骨头卡住了，你得拼命吞饭，要不就大量喝醋，你又饱又酸，骨头还不一定下去，要是大骨头，那没办法，只能去医院，宁波二院耳鼻喉科最专业，五分钟内给你拿出来，我也是听三楼陈伯的二舅说的，他二舅老婆女儿的妹妹，就在二院耳鼻喉科，硕士学历，医术高明，年轻漂亮，大概一米六八，你看看有没有兴趣？

我早已坐在电脑前，开始写《一个人站在那里》，这次我写了八千字，这八千字里但凡有一句话和"站"没有关系，算是失败。写完我自己看了看，看到一半就昏昏欲睡。突然被《西游记》的主题曲给惊醒。我妈坐在沙发上看起了《西游记》第十集，三打白骨精。她看了我一眼说，你看着，这个女的就是白骨精变的，一会儿要被识破了。我盯着屏幕，透过反光，隐约有我妈认真看电视的影子，和《西游记》的剧情融合在一起。她以前和我说，《西游记》播放的时候，她还很年轻，连洗衣店都没有开。突然屏幕一片漆黑，黑屏里我妈的身影就清晰了很多。她上下左右看了一圈说，你电脑也黑了，停电了啊。我妈试了试灯，全都不亮。她就打开门说，我去隔壁看看，是我们停电了，还是整片都没电了。她边穿鞋边扶着门说，要是整片都停电了，这也不知道几点能来，要是就我们家没电，那你会修吗？我说，会。她说，也不知道什么原因，电压过高，或者哪里进水，或者电路老化了，你要是能查出原因还能修好，我明天就给你做葱油蟹，要是五点还不能来，饭都不能做了吧。她好不容易把脚塞进鞋子，走出门外，又从门缝里探头说，电脑就是靠电啊，没电就不行了，还是人脑好。说完将门用力带上。

五点半的时候电已经来了，但是我妈还没来。那个人在网站上特意用一句话宁波话问候我。

我说，会说宁波话就一定在宁波吗？

他说，今天下午大面积停电了。

我想了想说，本地热搜里都是这新闻。

他说，我知道你今天衣服的颜色。

我看了看自己的衣服说，你说什么颜色？

他回我，黑色。

我看着自己的白T恤说，你觉得你猜对了吗？

他回我，不用猜，我故意的。

3

我一个人坐在公园里抽了很多烟,脚边丢了一堆烟蒂。保洁阿姨走到我身边,用大钳子一个个夹住烟蒂往垃圾袋里放。我有点尴尬。抽了一口烟说,这烟蒂我本来要搜集起来,有用。阿姨诧异地问我,什么用?我编了一个自己都不相信的用处,认真地和阿姨讲解了十多分钟,阿姨点点头说,那我给你夹出来吧。我说,那不用,我再抽几根就行。阿姨很热心地从垃圾袋里将烟蒂一个个夹出来,还翻出了垃圾袋里其余的烟蒂,一个都没有落下,并且掏出一个尼龙袋,装了满满一袋。我看了看时间,又看了看阿姨,拎着一袋烟蒂往家里走。

我坐在窗边,面对蓝天白云,开始写《一个人蹲在那里》。值得一提的是,我前面两篇获得极大好评,有人说睡前看我的文章,十年的失眠现在慢慢好了,有人说差点冲动杀了男朋友,看了我的文章在男友身边安然入睡,还有人说都准备跳楼了,看了我的文章在楼顶睡着了。这说明我的写作功力日渐长进。

我打着哈欠看看窗外，在夕阳下回了会儿神。面对巨大的落日，阿海在电话里告诉我，你的防守毫无进步，这次犀牛装甲车应该放在最前面，当作第一道坚固的防线，后面安排黑狗大炮，射程远，威力大，金盔甲战士作为第三道防线，进行近距离搏斗，后面铸造铜墙铁壁，上面站一圈机枪手，每一次都要灵活变动，不变的话你这城市就轻松被我摧毁了。

我妈指着一盘杂鱼说，现在小海鲜也不多，托人弄来的。我一口一条小杂鱼。在我妈的念叨中，我隐约又听到那个故事。衣服右下角是破的，但破得不一般，像被刀刺破，而且是刺了好几刀，这样的衣服还要拿来洗，你说奇不奇怪？我说，破衣服不能洗吗？我妈说，这倒也不是，你不觉得奇怪？我擦了擦嘴，又坐到了电脑旁。我妈夹着杂鱼说，你查一下，阑尾炎手术的风险。我说，阑尾炎手术能有什么风险。我妈说，你外公年纪大了，手术我都不敢签字。我说，谁有空签一下就可以。我妈说，什么事情都有万一。我说，小手术，别担心。我妈说，你说得这么随便。我说，感冒药的说明书最后都会写着可能引起死亡，真的没事。我妈说，你还记得小时候，对你最好的是你外公不？我说，知道。我妈说，那手术是小手术，但小事见态度，你就这个态度？如果你外公出点意外，你会不会难过？或者直接在手术台上没了，你会怎么样？是哭得最伤心的那个吗？我看外公对你的好你都忘了，中国人的传统美德，百善孝为先，慈母手中线，没妈的孩子像根草，今天的碗帮我洗一下吧，算了，你洗完我还得洗一遍。

此刻，我已经为《一个人蹲在那里》敲完了一千个多字。"蹲"比起"站""坐"稍显生动一些，我就开始不停地写。写到一半回过神，我妈还在客厅、房间和大门之间来回走动，我说，你在干什么？她说，我在犹豫，等我想好了再出门去医院。

晚上十点多，那个人依旧发来消息。他问我，今天做了什么？

我说，你不是都知道吗？

他说，只是再确认一下。

我说，你到底就在我身边，还是一直跟踪我？

他说，这有什么区别？

我说，你是要杀我吗？

他停顿了一下说，比杀你更厉害的事情。

我说，什么事？

他说，杀很多人。

我说，玩笑不能乱开，不然我现在就报警。

他似有顾虑，又停顿了会儿说，明晚十点到北仑废品收购场大门右边。

我说，这和杀人有关吗？我不会做违法事情。

他说，你去了就知道。

4

今天是我妈生日，多年的生日都平淡得没有生日礼物，所以我今天就出去给她买一个蛋糕。我开着车子在老城区兜兜转转，蛋糕店就在眼前，但是没有车位，挪动了半小时，还没找到停车地方。这期间还蹭到了一辆停在路边的电动车。一位大爷急匆匆跑来，将电动车往旁边一拎，我说，没事吧。大爷说，小事，你停车是吧？我说，没车位。他说，你跟我来。我在后面开，大爷穿着老头背心在前面慢慢跑。他把我引到旁边一个小区里，指着车库门前一块小空地说，就停这里吧。我说，这不得把人家车库大门堵住吗？大爷说，这车库就是我的。大爷热心指挥，我小心腾挪，终于停好车了。大爷说，五块吧，停一天一夜。我给他五块说，有发票吗？他说，这个价格你还要发票，要发票二十块起步，你停多久？我笑了笑朝蛋糕店走去。半小时后，我开车出小区大门，被另一位大爷拦住说，二十块。我说，刚才付给另一位大爷了。他说，哪有另一位，这里就我一个收费的，我们没有电子收费，都是人工收费一口价二十块一天。我说，万一你也骗我呢？大爷拿起遥控按了两下，小区的伸缩大门一会儿前进一会儿后退，大爷说，看到了没？然后又拿出对讲机说，要不叫两下？

我回到家，我妈已经做了一桌子的菜。我把蜡烛点起来，单薄电子音里传出祝你生日快乐。我妈闭上眼许了一个愿。她开心地吹灭蜡烛说，你猜我许了什么愿？我说，这说出来不灵了。她说，我不说，就想看看你猜不猜得准。据我妈说，她已经很久没有过生日了。她开店那会儿，忙着赚钱，觉得过生日这东西太矫情，太没意义，总不能因为那天不做生意出门过生日吧，或者店里摆个生日蛋糕，太影响做生意。我妈一边切着蛋糕一边说，现在这东西不能吃太多，会糖尿病高血压高血脂的。蜡烛和音乐持续了一分钟，蛋糕也在十分钟后被我吃掉了一大半。我妈将一小半蛋糕往旁边一推说，尝尝我的蛋黄鸡翅，这些牡蛎呢是三楼大伯海边敲来的，很新鲜的。我们又像往常那样吃饭。我妈时不时又提起洗衣店的故事，我大部分时间都在走神。但记得她说，那衣服不仅有一般的污渍，还有一大块血迹，虽然不能确定，但想想应该是人血，做生意的当然不要问那么多，但是心里总觉得有些不对劲，你说什么事情衣服会有一大块血迹？我说，打架斗殴都可能啊，你打我也能打出血的吧？我妈将两块牡蛎夹到我碗里说，我什么时候打过你？我吃完牡蛎就继续坐到电脑前。

这次我写《一个人躺在那里》，现在我对于这种写作风格掌握得炉火纯青，能写得完全不离题，且在开篇一千字内就让大部分人昏昏欲睡。我在写作期间，我妈一边收拾，一边问我，表妹交的这个男朋友你觉适合她吗？我边敲着键盘边说，不了解。我妈说，不是已经见了两次了吗？我说，我对表妹不了解。我舅舅很早就去外地做生意了，我好几年都见不到他们一次。印象中见到表妹还是一个七八岁的小姑娘，再一见就上大学了，现在一见已经快谈婚论嫁了。但是我妈说，她就我舅舅这一个弟弟，兄妹离得再远也是情同手足，现在他女儿男朋友让我把把关我就得管。她说，你们年轻人现在都说星座，这东西太虚，我还是相信实实在在的星辰八字。她说，我现在出门，去轻纺城旁边给她们算一算，非常准的，等我有空了，我带你也去算算，但是……这时候阿海来电，我妈示意我先接电话。阿海告诉我，现在的防御不是简单的把一些东西换换位置就行了，你这整座城市整体布局就不应该用四边形，应该用三角形，这样在有限的军力中能极大提高防御效率，你要把城市内的生产力提高，外围堆防再厉害，无法提供后备力量，这样城市被摧毁只是时间问题。我挂了电话，我妈接着说，但是望湖市场的那个上次说了，一直算也不好，会影响到一个人的命运，他也非常准。我妈似乎一直在犹豫。晚饭后她走到门口说，去问问楼下二伯的老婆，轻纺城和望湖市场到底哪个更准一些，她非常懂行。

我一直在想北仑废品收购场。这个地方很有名，但我没去过，也许路过过。我们这里调侃的时候经常会说，你这人直接送北仑废品收购场算了。

晚上十一点多，我还坐在旧电脑前发呆，他突然发我消息，怎么样？

我说，荒郊野外，杀了我倒是没人知道。

他说，我看见你了。

我说，是不是看见我带了枪，不敢出来。

他说，没人给你东西吗？

我说，没有啊。

他说，好的，第一步计划完成了。

我说，这算什么计划呢？

他说，不能告诉你，但你完成得很好。

我说，其实我没去那边。

5

我在家附近散步的时候，遇到一个中年男子，他笑着问我，请问天一广场怎么走？我指着前面说，前面路口右转，走到第一个路口再左转，然后一直走大概两公里。他连声说谢谢。我说，不过你最好坐公交车，走路有点远。他连连点头递给我一支烟，把火给我点上。他吸了一口说，那公交车站怎么走？我说，前面路口左转就能看见了。他又吸了一口烟说，那北京天安门怎么走？我夹着烟，上下打量了一下他，不知道该怎么回答。他看着我说，你怎么不回答我？又提高声音说，你怎么不回答我！这时候一个中年妇女跑上来，拉住他对我说，对不起对不起，他的头撞到过了，你赶紧走吧。那个人挣扎着大声喊，告诉我北京天安门怎么走！把烟还给我！不告诉我，我要杀了你！中年妇女抓着他说，你快跑吧。我扔掉烟往回跑，后面中年男子在追我。耀眼而普通的太阳悬在头顶，毫无生机中回荡着：不告诉我北京天安门怎么走，我就杀了你。

我帮我妈洗了一些菜，她指着锅里的鲳鱼说，虽然是禁渔期了，但这个还是新鲜鲳鱼。我继续帮她洗菜。她说，禁渔期总有一些漏网之鱼。我又帮着去外面倒了垃圾，回来的时候她还在说，似乎在自言自语。这次故事我听清楚的部分是：有点让我害怕的是，左口袋里竟然有一把匕首，你要说是一把水果刀美工刀也就算了，但它是匕首，这不是属于武器吗？我说，万一是旅游景点买来的纪念品呢？我妈说，这随时可以要人命吧，因为要洗衣服，我把它拿出来，等洗完又放进去，就当作没看见过，毕竟我们做生意。我妈这次吃饭比我吃得快。她吃完没来得及洗碗，就拿出一张纸认真看起来。她告诉我，小区物业要重新换了，这事情得仔细点，之前物业有什么问题，我写了很多，你看一下，还有没有漏下的？我盯着电脑说，肯定没有了。她在那边念，地没扫干净,杂草没有及时清理,垃圾筒乱堆放,电梯里有臭味,路灯经常不亮,长条椅靠背都没了,你想想还有什么?

我正在想如何写《一个人跪在那里》,需要说明的是,我不能写一个人为什么跪在那里,关于"跪"的前因后果都不能写,只能单纯描述那个人"跪"在那里,不然就丧失了我创作的特点,也会失去击中读者睡穴的效果。我在昏昏欲睡间写了四千多字,这个良好的状态被我妈接听电话打断,我妈拿着手机,里面传来阿海的声音:你这城市内部用简单的十字形布局肯定不对,我易攻你难守,你应该用迷宫布局,空间上要有迷惑性,不能直来直去,一切都是直线距离,你在外面围三圈的猎豹坦克,再围三圈的灰狼大炮,你都会死得很快,这是建城的大忌。我说,你接我电话干什么?我妈说,这人打了五个了,你没听见,肯定有重要的事。说完她把手机放到我电脑边说,铃声再开大一点,人家有事都找不到你。

这一天晚上,我想了想,在网站上对他说,你是不是一个有特殊癖好的杀手?

他说,每个人都有特殊癖好。

我说,你是我身边的人?

他说,你怎么定义身边的人?

我说，我认识的或者每天可以看见的人。

他说，你每天看见这么多人？

我说，每天看见的只有我妈。

他说，那你觉得我是你妈？

6

今天天气很热，我没有出门，一整天都在听奥尔乐队的音乐。我第一次听奥尔乐队的歌曲是在那个荒废的音乐网站，有人在那里专门翻唱他们的歌曲。后来我才知道这是个九十年代成立于美国的乐队。我一首首听着，听到"想起你的微笑"的时候，响起了敲门声。我伸了个懒腰将声音关小，对着门说，年纪的确大了，钥匙一直忘记带啊。我打开门，不是我妈，是一位胡子拉碴的中年男子。我说，你是谁？他说，我是你楼下的楼下的。我说，什么事？他说，是不是你在放音乐？我说，不是我。他往里面看了看说，这不还唱着吗？我说，这声音你楼下的楼下能听到？他说，这刚才不就你在放吗？我说，你肯定听错了？他说，你再放大声点？我说，你想怎样？他说，我只想确定是不是你放的音乐？我说，要报警？

他还没回答，我在阿海的来电声中打开了免提，阿海说，犀牛装甲车，猛禽坦克，这都不是防御的重点，重点在于人，你是如何去看待防御这件事的，其实这个世界上最厉害的防御就是进攻，不停地进攻，就是最强的防御，猛虎战车你有空试试，我可以送你一辆。中年男子听完阿海的话，看着我说，刚才那首我也很喜欢，我想知道名字叫什么。我一首首往回放，放到《牵着你的手》的时候，他说，对对对，就是这首。我说，叫《牵着你的手》。这时候我妈拎着一袋菜走到了门前。中年男子一转头说，三嫂来了啊。我妈一瞪眼说，哟，阿莱啊，怎么来我家了。男子说，问点事啊。我妈说，什么事啊，一起边吃饭边说，我买了新鲜花蛤。男子边笑边摆手走了。

吃饭的时候，我妈和我详细介绍了那个中年男子，但我没仔细听，大概意思好像是我的一个远房亲戚，在这里已经住了好几年了。她夹了一只花蛤给我说，花蛤炖蛋很有营养的，蛋白质、维生素abc都有的，多吃点。我夹着一块笋，这次隐约听到的是：那件衣服，我扫了一眼就觉得有点奇怪，其中一颗纽扣不一样，是金色的，明显是自己补上去的。我说，补一颗纽扣有什么奇怪的。她说，可这是真金啊，谁会用真金去做纽扣？我说，有钱不可以吗？我妈说，钱是这么花的？

我没有回答我妈，而是开始写《一个人呆在那里》。上次那一篇稍微出现了一些批评声，一部分人对我的无聊感已经产生了免疫，整篇看完都没有睡意，希望我在坚持这种风格的前提一下，力争写出令人更有睡意的文字。这对于我来说是个挑战。我盯着屏幕努力敲出一种新的无聊感。

我喝水的时候，发现我妈在喃喃自语。她说，我那个二伯伯家里人要准备给他拔掉管子了。我又喝了一口水，她说，不拔的话这样下去大家都痛苦，拔的话这就是要他死，你说要不要拔？我又倒了一杯水，她继续喃喃地说，要是有一天我这样了，你给我拔还是不拔？我拿着水杯盯着屏幕，她靠在沙发上说，我看谁来拔，但是谁拔都一样，你们谁都不拔，我就自己拔，拔了也就拔了，你说是不是？我噼里啪啦的键盘声在屋子里响起来。

晚上依旧那个点，我主动发他消息，说，你是不是那个劫匪？

他说，你继续猜。

我说，一九九六年西门口绿洲珠宝店大劫案，杀了三个人。

他说，全省闻名的公安厅督办案件。

我说，身材矮小，穿着怪异，大夏天还穿着偷来的厚夹克，胆大妄为，心狠手辣，把反抗的人一律杀掉，就是你？

他说，你还忘了一个人，有一个保安没死，失踪了，现在还没找到。

我说，你还把作案用的厚夹克拿去洗？

他说，你知道？

我说，所以你就是？

7

这一天我出门路过一座桥，有一个老头认真地抬头看着天空。我也看了看，天空中什么都没有。我散步回来，那个老头还在认真地看着天空。此刻，我看到一架飞机飞过。他指着飞机说，那是我孙女。我看着他悲伤地点点头。他又说，我孙女到天上去了。我依旧悲伤地点点头。他对着我说，然后就又回到了地上。我有点纳闷。他说，我孙女去美国读书了，现在在美国上班，两万块一个月，美金，厉害不？我看着老头不知道说什么。他问我，小伙子你多少一个月？这个时候阿海又来电，在呼呼的夏风里阿海说，你应该用猎鹰预警机，神雕侦察机，配合地面力量，形成立体防御，如果没有制空权，你的那些犀牛、黑狗以及整座城市都是一片废墟，我甚至可以告诉你我下午两点攻击你，你都保护不了你的城市。等阿海说完，老头盯着我的手机说，可是一块钱都不给我用，也不来看我。我看着天空的大飞机变小，老头打断我说，借我十块有吗？

这一天，我妈做了凉拌海蜇和三黄鸡。三黄鸡是我从外面熟食店买来的。她说，以前开洗衣店的时候，马路斜对面的三黄鸡是宁波最好吃的。我说，你吃遍了宁波的三黄鸡？我妈又开始回忆以前，等我回过神，我记得她说，有一件更加奇怪的事情，就是那件衣服的内袋竟然是被缝起来的，你说有人好端端的把内袋给缝起来的吗？我说，人家不需要就缝了吧。他说，不需要这也不碍事啊，明显有其他原因。我说，什么原因呢？她说，现在我也不知道，但是另一件事她更想不明白，就是她一直在喂养的三只流浪猫已经失踪了三天了。她问我，三只猫并不会无缘无故消失的吧，如果一起死掉，应该不太可能吧？我说，有人喂了更好吃的东西，所以去了别的地方。我妈说，不可能，猫比人还讲感情，我喂了这么久，不可能说走就走掉的，它们只认我，唯一原因就是死了，或者出什么事了。她拿着筷子说，一会儿我再去找找吧，旁边好几个小区公园我都找遍了，一会儿你和我一起去找找吧。我说，流浪猫就应该流浪，你找什么呢？我妈似乎觉得有道理，但是马上又说，我找它们不是不让它们流浪，就是它们在哪我东西送到哪总可以吧。

今天，我开始写《一个人趴在那里》，为了写出更好的效果，我先各种姿势趴了一遍。我妈很认真地看完，问我，这练的什么功？我没有回答，继续敲起了键盘。我妈似乎深思熟虑了一阵，他说，要不一会儿我往东边和北边，你往西边和南边，我们各自分头找。我没有回应，但我妈认为我默认了。她拿上一只小包，扶着门说，我先出门，你一会儿出门，我们到时候中心公园汇合。她扶着门摸了摸衣袋问我，钥匙呢？然后又摸摸裤袋说，哦在这里。她按了电梯，等电梯上来打开门，她又进门放好包说，这个还是不带了。

很晚的时候，我出去找我妈，找了很久也没找到，回到家我自己泡了方便面。

我吃着方便面，在昏暗的灯光下敲着键盘对他说，当时三个保安被绑在柱子上,全部被割喉,大厅里唯一的摄像头没有拍到你进出。

他说,你细节掌握得很到位。

我说,当时新闻上看来的,你是不是把匕首放在兜里,金银首饰销赃很难,你把其中一些打成了其他东西,譬如纽扣,有一颗缝在厚夹克上?

他说,这些细节都报道了?

我说,可你为什么把厚夹克内袋封起来,这属于什么特殊癖好?

他说,这你不知道?

我说,神符?你还信这个?

他说,你还是别猜了。

8

我和我妈看着窗外,乌云翻滚,飞沙走石,暴雨马上就要来了。我妈看着天空说,这云里肯定有东西。我说,里面有水蒸气。我妈说,以前人们无知,说什么妖魔鬼怪,我从来不信。我说，我也不信。她说，我只信有龙。她说，我还很小的时候，也是这样的一个夏天傍晚乌云密布，在乌云里看见了龙尾巴，之后又看见龙在云里腾跃，若隐若现，就像在波涛里，我回去告诉你外婆，你外婆说，看见龙的人都不是一般人，后来我开了第一家洗衣店，赚到了钱，我才发现那时候看到的真的是一条龙。她吸了一下鼻子说，唉，完了，芋艿骨头汤炖干了。我吃着芋艿骨头汤和油煎蛋。我妈说，这个叫黄埔蛋，是蒋介石最喜欢吃的东西，宁波人啊都喜欢吃这个。我妈这次的历史回顾有点久远，而我依旧吃饭走神，回过神来听到的是：这个事情我从来没和别人提起过，一般的脏衣服我见多了，但是这种腐烂味的衣服，真的头一次见，这好像是什么东西烂掉的味道，你知道吧？我说，什么？烂苹果？我妈说，烂苹果的味道我怎么会不知道？我说，那是什么，死人烂掉的味道？我妈说，这个我不敢说，但以前狗死掉烂了就这味道。我妈说，对了，我年纪大了，你年纪也不小了，以后我们要吃得清淡点，饭后呢一定要去外面走几圈，绕着小区走最安全，一般走个十圈，最好再倒走三圈，左臂右臂正着甩五十圈，再反着甩五十圈，回来一定要喝一杯温水，身体是最重要的，还有那个听说金融危机马上就要来了，美国那边已经不行了，一只苹果都要好几十块了，乌克兰现在还撑不撑得住？

我坐在电脑前，开始写《一个人挂在那里》。根据反馈，我的写作阅读热度下降比较明显，大家对于我的这种风格已经渐渐失去兴趣。如果这篇不能获得较好的效果，可能我不能以写作为业了。我绞尽脑汁，把能想到的"无聊"都想了一遍，开始一字一句地写。这个时候手机响起，我妈一看名字说，又是他，于是帮我接起，阿海在电话里说，你这个城市其实不叫城市，就是一堆乱七八糟的东西放在一起，什么都有，其实什么都没有，这么轻松地毁灭它我都觉得不忍心，但我还是要告诉你，你的城市已经彻底没了。我和我妈听完，我妈把我的手机一锁，用黑屏照着自己的脸说，也还好啊，没什么太大的变化，气色比前几天还精神了一点。

这次吃完晚饭，我就迫不及待地发他消息。我说，那个失踪的保安其实也被你杀死了对吗，你用那件厚夹克裹尸，然后把他处理掉，最后还送到洗衣店去洗，那件有金纽扣和匕首的厚夹克，这是挑衅？

他没有反应。

我说，后来你就没去取那件衣服，但你一直暗中关注着，你改掉了之前行为怪异的作风，改掉了那些怪癖，消除了那些特征，成为一个没有特点的普通人融入到我们当中？

他依旧没有反应。

我说，你肯定知道这家洗衣店后来关掉了，但你还是一直默默跟踪着，所以你用这种小众方式联系我？就是为了满足内心的怪癖？

他似乎陷入了很深的沉默。

我说，我和我生活中的人都很无聊很平凡，任何一个人是你，我都会感到震惊，你能告诉我你是我生活中的谁吗？

他就像消失了一样。

我说，你回答我，不然我现在就去报警了。

他好像真的消失了。

9

这一天开始，我没有从写作中获取收益，我拼命想我还可以写一些什么，我尝试写《一个人绑在那里》《一个人吊在那里》《一个人死在那里》等等，似乎都已经失去之前的感觉了。我在床上躺了一整天,没有什么胃口。我妈摸我手摸我额头,翻出家里乱七八糟的药,戴着老花镜非常仔细地看着说明书。最后她把毛巾放在我额头,让我喝了一杯热水说,菩萨保佑,睡一觉就会好了。晚上的时候,我妈给我炖了一只鸡,她说,你看好了很多吧,再补补啊。我妈把鸡腿夹到我碗里,我说,一九九六年西门口绿洲珠宝店大劫案,你知道吗?我妈说,那怎么会不知道,那是我开店第五年,我跟你说……我妈后面说的我又没听到,我回过神来继续对她说,那你说的六月天,那个矮小黝黑的老头,拿来不便宜的厚夹克,口袋里藏着匕首,纽扣有一颗黄金,衣服上有血迹和破洞,内袋被缝起来,充满恶臭,这个人是不是就是那个案件的劫匪?我妈舀着汤若有所思地说,倒是有可能,虽然我说的都不是同一个人,不是同一件衣服,但是被你这么一说,也许……我说,你说的都不是同一个人,同一件衣服?我妈说,那当然,我之前不都和你讲了嘛,我开店时候的各种故事,我讲的时候你肯定左耳进右耳出,什么事情都只是听到几个字,重点部分肯定都没听到,还经常听错,但是,你刚才说得倒有点道理。

我妈刚要继续讲,阿海又来电,我打开免提,这次是个浑厚声音的男人问,你是阿海朋友吗?我说,是的。对方说,我是阿海他爸,阿海人找不到了,昨天中午开始就没回来,你知道阿海没工作没朋友,整天就在家里的,我看他手机记录只有天天和你打电话,你知道阿海去哪里了吗?我叼着一只鸡腿,我妈看着我叼着鸡腿,头顶吊扇的风在呼呼地吹,我们都不知道说什么。

我躺着想了很久,终于忍不住起床,在晚上十点多的时候到达了北仑废品收购场。我绕着走了一圈,没有一个人。我抬头看到围墙上的摄像头,于是走到门卫室。枯瘦的门卫老头问,你找谁?我说,我想看一下监控。老头指着屏幕说,那里看好了。我说,我要回看十月二号那天晚上的监控。老头说,什么?这东西还能回看?那不能看。我说,我是警察,在调查案子。老头说,怎么了?我说,这里死人了。老头一惊,非常不情愿地和我一起回看那晚的监控。那一晚,我看到晚上九点多一个人影闪过,我说,这人是谁?老头颤颤巍巍说,是我。

我说,是你?老头带着哭腔说,警察同志,我就偶尔走两圈,这事情能不能不要和我们老板说,一共也就这几圈,我在这里老板给我包吃包住,但一天二十四小时都在这个地方待着，要是我不走几圈，得发霉了，你要调查什么都可以，但这事情被老板知道我就不能在这里了，老板特意说过。我和老头继续看着监控，我们一直看到那天结束。老头在那晚绕了十多圈，其他时间，再也没有看到有人到过北仑废品收购场。我说，真的没有人来过吗？老头说，这台风天，我也没看到，摄像头也没看到，那你要问老天去了，但是，为什么这里会死人呢？他不解地看着我，我也不解地看着他。

海啸面馆

1

圣安东尼奥马刺夺冠的那一天，我奶奶去世了。我开着新买的二手旅行车行驶在深夜的沿海公路。这一天，我开始写关于我自己的荒唐而又真实的故事，而我正处于合理又虚幻的生活之中。这是一个关于我们被海啸摧毁前如何出逃的故事。故事里的我因为整天游手好闲而成为第一个发现了海啸即将来临的人。这个故事也可以理解成游手好闲对人生的重大意义。

此刻，海面和公路都非常平静，打破这个平静的是我妈的电话，问了我一句，这么晚去哪了？我说，正在庆祝圣安东尼奥马刺队夺冠。我妈当然不能理解圣安东尼奥马刺队夺冠是什么东西，但是如果换一种说法，我押了圣安东尼奥马刺队夺冠，赢了五千块，在麻将桌上叱咤风云的我妈一定会说，谢天谢地菩萨保佑圣安东尼奥马刺队一定要夺冠。

我押圣安东尼奥马刺，也经常押一些野鸡比赛，这个本质上和我妈热爱的麻将没有区别。

那一天深夜，我从沿海公路回来，开心地吃了一只汉堡，之后继续和奶奶告别。奶奶的告别仪式进行了三天三夜。我们守夜的时候，除了靠着对奶奶的爱与悲伤以外，还靠着几副扑克牌。我妈在跪拜奶奶的时候，虔诚地念念有词。我看着相，保佑我今天赢。我的耳机里放着绿日的音乐。我曾用几百块的手机放绿日的音乐给奶奶听，她觉得天下越剧排第一，绿日排第二，后来我发现在奶奶眼里，除了越剧所有音乐都排第二。那一晚我的大嬷嬷很虔诚，一直跪拜在奶奶面前默默念诵，直到传来了呼噜声，让我觉得奶奶只是睡着了。这期间我还押了巴布亚新几内亚联赛一支记不住名字的球队赢，结果赢了好几百。要是奶奶还活着，我就会拿着押赢的钱，穿过幽长的弄堂，排很长的队去给她买最爱的豆酥糖，当我押输的时候，也穿过幽长的弄堂，嘘寒问暖很久问她借钱继续押各大洲的比赛。也就是说我奶奶也间接参与了几百场比赛的押注，就凭这一点，我和奶奶的感情就很真挚。

奶奶去世后的两天，1号台风就要来了。全城都进入了防台抗台状态之中。我妈正在麻将桌上，一边摸着麻将牌一边猜着1号台风是在浙江还是上海登陆，押对了台风可能赢得比麻将还多。在我妈眼里，世界杯都是瞎猜，根本不知道谁输谁赢，猜台风还算有头绪。我和我妈说，那是中国男足没有再次进入世界杯。我妈对于世界杯的全部理解只有两点，一是中国队必胜，二是押巴西队赢。

在我的真实故事里，奶奶不用躲避这一场海啸了。但是如果奶奶还在世。我一定跑过去告诉她，海啸马上就要来了。奶奶一定微笑着说，来了好啊来了好啊。我会告诉她，跟着我往西边跑，中国地势西高东低。奶奶依旧会微笑地说，那一定要跟中国跟得牢牢的。我和奶奶一直都是坦诚交流，相互信任，哪怕借钱押注球赛，我都会毫无保留地告诉她，我押了乌拉圭国内联赛一场坦基西斯莱和蒙特维多竞技的比赛，我押坦基西斯莱赢。我奶奶一定会微笑着说，鸭啊鸡啊都好啊。

在那个真实的故事里，我是这样记录的：那个阳光明媚的午后，我和我妈认真严肃地说到了海啸即将来临。我说，可能明天这里就要一片汪洋了。我妈摸着麻将说，一筒，碰。然后扭头和我说，明天？我赌后天，一千块，来不来？我说，赌赢了一千块，赌输了就没命了。我妈说，人可以明天先跑，但我赌后天来，这样可以吧。我想了想，确实很可以。我妈挥了挥手说，走吧，你现在先跑吧，我打完四圈会跟上来的。我说，那我先走了啊。我妈点点头说，早点回家啊。

以上这段我是在昏暗的海鲜面馆里边吃边写的。写完我发现面馆老板八九岁的儿子正盯着我的屏幕。老板儿子平时就端面收碗，然后电视上放什么他就看什么，感觉生活比我还无聊。他是我虚幻生活中唯一听我讲过海啸的人，主要那个时候我喝多了酒，他则新闻联播看到一半，两个人都觉得无聊，于是我绘声绘色地和他讲起了海啸的事，第二天我也差不多忘了。

我合上电脑，他告诉我，做了一艘船。

我说，什么用？

他说，海啸来了可以逃走。

我说，好的。

他说，要不要看看？

我说，下次再看吧。

2

我不知道接下来干点什么，明天比较遥远，明天的明天更遥远，大后天和老张约了打牌。

老张是个技术文艺男，会写几行代码，也会拍几张照片。最近一次和他见面是去年的冬天。那一天，我和他爬上了市中心的一幢烂尾楼。老张说，你背对着我看着灯火辉煌的城市，我给你拍一张照片。拍完，老张问我，你觉得什么样的话能够配得上你这张照片？

我说，城市悠久辉煌，背影年轻孤独。

老张说，是个好句子，但是不足以配这张照片。

我想了很久都没有想出来什么样的句子才能配上这张照片。两个月以后，我在当地一家房产杂志上，看到我这张照片被作为封面，上面配的句子是：临江大府，均价四万五。

此刻我不断点击鼠标，那个我记录了五年生活的小众网站被关闭了。这也是老张做的一个社交网站。老张励志成为"中国的扎克伯格"，也就是老扎。老张发誓，不成老扎就结扎。建立这个网站之后一直邀请身边的朋友入驻。在这个社交网站上,你能体会到社交悲苦,人间凄凉,全世界的人都死光了。发个照片写点文字,偶尔有一条评论,点击头像是个美女,最后发现是老张的马甲。

我的第一条记录是关于五年前那场无所事事的旅行。我坐飞机去炎热的东南亚,坐在两位商务男士中间,他们隔着我交流我听不懂的东西。他们往下面看一眼就说,到了奥多棉吉,过会儿再往下面看了一眼,就说到了蒙多基里,而我伸脖子看看下面只能看到美丽的云朵和地表。在西贡我学文艺青年向青旅老板说,我来寻找玛格丽特·杜拉斯。老板问我,你这个朋友走丢了吗?二十岁的我在热带刺眼的阳光中虚幻地点点头。

这其中也有关于青春期精神病,譬如从东部沿海骑自行车去西藏,且根据要求自己改装了自行车。那时候我奶奶在菩萨面前祈求不要让我骑车去西藏。结果在刚出发的时候,急刹先按了前刹,在菩萨的保佑下,人车分离,空中转体两圈,仰面落地,一个月不起。

还有关于一些吃喝玩乐,以及一些无病呻吟,也有一部分装腔作势,装到自己都看不懂那个时候我到底发的什么。最重要的是,我在上面骂了很多人,熟悉的不熟悉的人都骂了一遍。在那里骂人的意义不在于让对方知道，而是自己知道就好。另外可能还有一些隐隐约约零零碎碎的关于爱情的东西，但是也不太确定。

我无聊了两天，终于等到和老张打牌的那一天。我就想一会儿打牌的时候问问老张这网站关闭对他影响大不大，最近结扎了没有。我迫不及待地打电话问老张，来了没？老张问，什么事？我说，我家打牌啊。老张说，两个人打什么牌，有空再说啊。我说，不是约好的比大小，一千块一局吗？老张又说，那过两天来啊。老张说过两天来，我总是很认真地扳着手指想，过两天那就是大后天。事实上，我虚幻人生中那么重要的安排总是被轻描淡写瓦解得烟消云散。

我打开一部肥皂剧，摆好两副牌，开始自己和自己比大小。过了半小时，敲门声响起，我警觉地透过猫眼看了看，发现老张肥硕的身体横在门外。我打开门说，你不是说不来的吗？老张说，突然想起来，两天前确实和你说过来的。我把牌递给他说，来吧，比大小，一千块一局啊。老张说，这个太简单粗暴了，没有任何技术含量，全靠运气。我说，靠运气我还有百分之五十赢的机会，靠技术百分百输了。

老张示意比大小的事情先停一下，他这次要搞一个

App，是一款带有社交属性的阅读软件。我说，上次那个网站不是关闭了吗，你结扎了吗？老张说，这个不是你关心的问题，这次呢，我们合伙，你是评论部的部长，专门负责评论，可以扮演各色人群，进行各种评论。我说，评论就评论，为什么还要加个部长？是不是就我一个人？老张继续说，对，你一个人可以扮演一百个人一千个人，把评论热度搞起来。我说，譬如性感少妇、清纯学生、制服白领、大胸模特那种？老张说，你别这么黄，又不是搞小卡片，当然了，这是个好方法。

我一星期都可以独自吃喝玩乐的一个人，突然就要分裂成这么多人了，总觉得这事情又要黄了。于是不免担心地问，这次失败了，是不是要结扎？老张说，这次换你结扎。

在我的故事里，这样提到老张：我告诉老张海啸马上就要来了。老张让我先别声张，把这个消息发到那个小众交友网站，他马上给我首页置顶半个月。我说，都这时候了还想着首页置顶？老张说，没十天半个月宣传没效果。我说，海啸可能明天就来了。老张说，你就不能提前半个月告诉我这个消息吗？我说，跑不跑？老张说，赶紧发消息。我发完后等到第二天，也没有任何人知道这则消息。

这一天的海鲜面我还加了一只鸡腿,老板儿子把面端过来和我说,下周就要来了吧?

我说,什么?

他说,海啸。

我说,没这么快吧,下个月吧,或者明年也有可能。

他说,我发现是下周一。

我说,为什么?

他说,开学前一天,你信不信。

我抹了抹嘴巴说,你说什么就是什么吧。

3

台风季已过,禁渔期却依然没有头,这让整个沿海地区的人民有些躁动。譬如我家旁边,一群大爷大妈的话题已经转移。以前都是,孙子考上了什么大学,孙女进了什么单位,儿子赚了多少钱,女儿给她买了什么。我妈以前也参与其中,一想到大白天还躺在床上的我,基本上插不上什么话。现在不一样了,谁弄到了本地海鲜才是人中龙凤。上次王大爷拎着两袋跳跳鱼走过来,在众人羡慕的眼光里,害得步履蹒跚的他多走了一公里都不愿意回家。

我坐在海鲜饭店里,听大强说,在禁渔期吃海鲜,是需要胆量的,尤其在饭店,你吃着各种生猛海鲜,执法人员就会到店里来,调查这海鲜从哪里进货的,然后往回追查,一直追查到这海鲜是来自于哪条船。说到这里,大强拿起一只梭子蟹边掰边说,接下来啪啪啪,渔船被当场劈成两半沉入海底。

禁渔期的梭子蟹,比王大爷的跳跳鱼威力大很多。我要是拎着两袋梭子蟹去外面走一圈,轻则让我妈脸面增光,重则配合执法人员调查。

此刻,我和大强他们虽然吃着同一种海鲜,但是我插不上话。我和以前的朋友吃饭,都是聊哪个学校什么专业毕业进了什么公司,大强这桌子上都是聊,哪个监狱犯什么罪出来后又砍了谁几刀。对于监狱和犯罪,我只能想到《肖申克的救赎》,所以只能聊起了如何越狱,在他们"我去你大爷"的神情里,我就成了这一桌上梭子蟹吃得最多的那个人。

最后大强说,我们不一样,我们就要在禁渔期吃梭子蟹,而且就要在饭店里吃。顿了顿说,顺便提一下,这饭店我是大股东，你们认识的那个老板，都听我的，放心吃啊。

话音刚落，门口就走进来两个穿着制服的人问，老板呢？

大强叼着一只蟹脚说，厨……厨房。

其中一个制服说，这梭子蟹哪里搞来的？

大强说，问……问老板。

两个制服进去的时候，大强和三个朋友全都去外面上厕所了。后来那两个制服拎着几个梭子蟹走出来，老板说，爸，慢走啊。我看着背后写着"浙江保安"的两个制服人员满脸笑容地拎着梭子蟹走出了门外。就这样，我吃完了剩下的梭子蟹。一直到禁渔期结束的时候我都没有见到过大强。

虽然大强去了很遥远的地方上厕所，但是大强也帮过我很多忙。譬如我电动车被偷了，他发动了所有朋友帮我找，终于找回来了一辆和我之前差不多的电动车。譬如我吃饭被鱼刺卡住，他立即通过各路关系，将我送往了一个妇科医院告诉我暂无生命危险然后花了一个多小时及时将鱼刺拔了出来。譬如我和一个朋友拌嘴，他立即纠集了十多个兄弟，把我朋友团团围住，最后我买了四条中华香烟分给那些兄弟替我朋友解了围。譬如我开车不小心刮擦到别人，我刚想掏出两百块了事，大强二话不说上去就打懵了对方，把两百块能解决的事情提升到两万块才解决。

我的故事里这样写到大强：作为我重要朋友中的一员，我找到大强告诉他海啸马上就要来了。大强点了一桌的菜招待我，抽着烟说，先干三杯，再慢慢说。我为了让大强直观地理解海啸的威力，我说，你看过《后天》吗？大强说，没看过。我说，那看过《末日崩塌》吗？大强说，没看过。我说，让我想想怎么和你说。大强举起酒杯说，啥都别说了，全在酒里了啊。大强一杯下肚打了一个嗝双眼朦胧地看着我说，看过《铁道游击队》不？

这一天我吃完海鲜面，老板的儿子说，明天海啸就要来了。

我说，为什么？

他说，妈妈要来接我。

我说，去哪里啊。

他说，逃走。

我说，行吧。

他说，你不逃吗？

我打了一个嗝说，你先逃吧。

4

天气变凉的时候，我趁着反季衣服打折买了几件短袖。这一天，我去小区门卫取个快递的工夫，就知道了美国对亚洲的最新战略布局，中国可以用什么方法对付美国的f-22战斗机和b-2轰炸机。我虽然大部分没怎么听懂，但略微纠正了一下王大爷的发音，譬如"俺服日日鸡斗鸡""别日轰炸鸡"。王大爷表示自己的本地口音的确太浓厚，但是不影响他对世界形式的判断和分析。他问我有什么看法，我抱着两件拼团买来的不知道真假的耐克T恤陷入了思考之中。

我正要离开的时候，王大爷一把拉住我，表示要展示一下中国功夫，教我打侠家拳。他反复打了好几遍，问我看清楚了没有。我经过仔细观察发现，每一次打得都不一样，于是只能摇摇头。王大爷急不可耐地说，哎呀，自己慢慢去悟，中国文化里，最重要的就是，悟，知道"悟"是什么意思吗？我还是摇摇头，王大爷摸着门卫那条中华田园犬说，"悟"什么意思，只能自己去悟，我也是悟出来的。我说，你悟出来了什么？王大爷拿着一块饼干说，旺财，吃啊。

和王大爷关系搞好，唯一的好处就是，他会把你的快递放在桌子上，不会放在堆积如山的地上，虽然有时候桌上快递比地上还多，这说明王大爷和大家关系都很好。王大爷自豪地拍拍一个快递说，这个是王老师的，你认识的吧？我摇摇头表示不认识。王大爷说，怎么这么没文化呢？王老师都不认识，就是那个皮肤白白的，一直穿着高跟鞋黑丝袜，五十多岁看上只有四十多岁化了妆就三十出头，走起来身体扭来扭去的那个，不认识？我被迫点点头。王大爷打开抽屉点点说，这个是陈局长的，陈局长总认识的吧，每天司机开着那个黑得发亮的轿车接送他。我还是摇摇头。王大爷说，上次旺财不见了，我怎么找都没用，陈局一个电话，就有人把旺财送回来了。我说，不就找回来一只狗吗？王大爷说，这你就不懂了，这说明人脉广，地位高，能力强。王大爷还打开另一只抽屉说，这是张老板的，宏通公司听说过的吧？我摇摇头。王大爷说，你怎么就没有一点点知识呢，文化，政治，经济，哪个领域都不涉猎一点呢？我穿着单薄的T恤有点瑟瑟发抖。

我准备再次离开，王大爷突然塞给我一包植物混合物，类似于枸杞菊花茶之类的东西。王大爷说，这叫八合茶，是我以前在云南边境侦察连当通讯员的时候……那个……这事情你知道的吧？我抱着八合茶继续摇摇头，王大爷点起一根烟说，你们这一代年轻人啊，军事，历史，一点都不了解。王大爷吐了一口烟说，这东西呢是我以前在云南边境侦察连当通讯员的时候，有一个和我关系很好的战友，这个战友呢在执行任务的时候中了三枪，荣立了二等功啊，这个战友的叔叔有一个儿子，当然这个儿子呢是领养的，人很聪明也很帅，娶了一个很贤惠的老婆，那个贤惠老婆的表妹呢嫁给了我们这里的一个浙江人，这个浙江人和他弟弟呢一起承包了一大片山地搞种植，结果经营不善亏了十多万，那个时候的十多万啊，你想啊房价才几百块一平米……这个时候，外面响起一声，王大爷，开一下门啊。王大爷说，哎好啊，下次记得带卡啊。然后又继续说，那个时候啊，房价六百块一平米，你算一下你现在住的这个房子值多少钱？

我抱着八合茶一声不吭。

王大爷掸掸烟灰说，好了这个我就不和你说了，那这个八合茶呢，不是他们亏十几万吗，后来呢又搞起了海水养殖，还是亏了，但是浙江人做生意不相信屡战屡败，只相信屡败屡战啊，最后通过种种关系，这期间我也帮了一点小忙，他们又回到云南，你知道，云南这地方虽然经济不如我们这里，但是好山好水好风光啊,我那个二等功的战友,还有一个堂弟,这我刚才没有和你提起……这时候进来一个中年男子,笑着说,王师傅啊。王大爷一看马上起身掏烟说,喔唷,陈局啊,亲自来拿快递啊。双手奉上快递的同时,顺便给了两包八合茶说,陈局,这是我云南朋友自己种的,您尝尝好的话,再问我要。

王大爷就是有那种把一句话讲成几个章节的能力,反过来也拥有把几个章节浓缩成一句话的能力。这种能伸能缩的才华在门卫界属于标配。

王大爷一直送陈局到离门卫二十多米远的地方,然后一路小跑回来说,看见没,这就是陈局,尊重我不?叫我王师傅,人家张总看到我也叫我王师傅,就你王大爷王大爷的,一点都没大没小,你知道我比你大多少吗?我说,那总不能叫大王。

王大爷掐灭烟说,好了,这茶你拿回去尝尝,一百三一包,我这边就九十,你要是问我买,七十五就给你。这个时候我才拿着我的两件不知真假的耐克T恤离开了门卫。

作为每天都要见到的王大爷,他是这样出现在我的故事里的:那一天,他拉住我,在他开口前我说,王大爷,明天海啸就要来了,我们应该要逃走了。王大爷做着不标准的拉伸动作说,怕什么,我年轻时候什么没见过,上刀山下火海,哪像你们天天玩电脑游戏,海啸来了都怕。我说,海啸来了这里都变成海洋了。王大爷喝了一口茶说,变海洋怕什么,不就是美国人航空母舰直接开进来了吗?我照样喝茶抽烟等着他们。我说,你等着他们干吗?王大爷说,打他们啊,我和你说,我们每人吐一口口水就可以淹死他们,这就是团结的力量。我说,我说的是海啸要来了。王大爷说,十四亿人组成人墙,会挡不住?我说,那我先走了。王大爷瞪了我一眼说,走吧,十四亿人也不差你一个,哦对了,我这里还有二十包八合茶,六十块卖给你要不要?

  这一天的海鲜面多了一只卤蛋。老板儿子说,送你的。

  他说,海啸来了就吃不到了。

  我说,不是早就来了吗?

  他说,再等一下。

  我说,等什么?

  他说,等我人好了

  我说,你人哪里不好了。

  他说,给你看看吗?

我说，自己看好自己就行。

5

这一天我终于有了挣钱的欲望，这个欲望来自于我实在没钱了。于是在一个狐朋狗友的带路下，和一位我们这个小城里的老板坐在了一起。我希望可以给老张的APP拉点赞助。这位老板一直活跃在慈善、公益、本地富豪榜以及各类演讲当中，而我在那个倒闭的网站上，曾经一直抨击他为：奸诈的资本家，虚伪的慈善家，损人利己的本地富豪以及文化水平底下的弱智鸡汤制造者。

今天就不一样了，在手机话费只能一次性充三十块的时候，我只能坐在他面前说，李总，久仰久仰。我朋友不相信我怎么就过上了"手机话费只能一次性充三十块"的生活，我说这是因为最低只能充三十块了。

我希望能在李总这里感受一下铜臭的味道，让自己刻骨铭心地记住变成曾经讨厌的自己的模样。我正要开口介绍那款性感的社交App的时候，李总让我暂时不要谈工作。

我在李总那里虚心端坐，洗耳恭听。听了大半天关于艰苦朴素勤俭节约的故事。从小一双破鞋穿了好几年，一件衣服缝缝补补又是好几年，一只馒头能吃一整天。我想，这大概都是开场白。一直讲到今天，他说他一天有时候只花十块钱。

我焦躁地说了一句，李总，谦虚了。

李总大手一挥说，不是谦虚。然后和我滔滔不绝如何十块钱过完一天。早上起来学习动物打五禽戏，接着阅读马克思的著作，读完手写读书心得，中午在企业食堂和员工一起吃饭，只需要十块钱，下午写书法，继承的是王羲之笔法，之后处理公司日常工作，晚上不吃晚饭，轻断食主义，睡前阅读佛家经典，修身养性。

我心想，好惨啊，然后微笑着说，朴素又简单的生活啊。

李总说，这不算什么，我创业初期，天天跑业务，一天两只馒头一包榨菜一瓶水，一天五块钱都不用。

我那傻子朋友听完在那边轻轻拍手说，听听啊，这就是为人民服务的企业家，艰苦自我，回报社会，你也要学着点。

我一个"手机话费只能一次性充三十块"的年轻人在"人民企业家"的指导下，终于懂得如何一天只花五块钱了。

我示意傻子朋友我们得先走了。李总则继续开口说，其实呢，不吃晚饭是有利于健康的，午饭也争取要少吃，早饭只需要两只鸡蛋和一片面包就足够了。人都是被自己无限的欲望给拖累的，以前的我也和你们一样，什么都要，经过三十几年，我才懂得，放下欲望，做一个清清白白清清淡淡的自己才是最重要的。

说完李总送了我一本《与神对话》。因为李总不吃晚饭，我和那傻子朋友连一顿晚饭都没有蹭上。我出来的时候，甩着那本《与神对话》说，你说说，这一下午去打牌不好吗？

那傻子朋友接过我的《与神对话》说，我请我请，不过李总说，人都是被自己的欲望拖累的，这话太有道理了。

我说，我是被没有欲望拖累的。

在我的真实故事里，李总同样不可缺少，我写道：我再次拜访李总，李总温文尔雅地接待了我，把我当成了他最知心的朋友，只是朋友不谈钱不谈利，只在乎生死，于是我告诉他，李总，海啸明天就要来了。李总处事不惊地说，天灾人祸，不要刻意去躲，要学会接受学会拥抱。我说，李总，你那么有钱，不走的话，这钱就真的没有意义了。李总说，一个对社会有责任的企业家就要同员工同这个城市同这个社会在一起，不是灾难当头各自飞。我说，那人和钱都要一起没了。李总说,不就是明天海啸来吗?我说,对,现在不走就来不及了。李总说,就算十分钟后来,我门口的直升机飞起来也来得及啊。

我和傻子朋友来到海鲜面馆,我要了一份加上所有海鲜的面。

我狼吞虎咽地吃着面,老板的儿子时而看电视时而看看我们。

我擦擦嘴说,海啸来了没?

他像盯着新闻联播一样盯着我说,今天晚上。

我说,已经来了。我指着傻子朋友说,他就叫海啸。

老板儿子说,长得不像。

我说,还有谁长得像海啸?

老板儿子说,你。

6

这一天,我去参加了一场音乐会。这票子是我妈的牌友买了汽车送的,没人要就给了我妈,我妈也没人可以送,就给了我，我没事干就去看看。在气温个位数的时候，我里面穿着一件短袖T恤，一件长袖T恤，外面披了一件很短的连帽卫衣，T恤的下沿都露在外面，我年轻的时候这叫波西米亚朋克风格，现在叫反季促销式穿法。我在入口处被工作人员拦下来，告诉我禁止带奶茶进入。我哆嗦着吸着舍不得扔掉的奶茶，这时候就看见陈晓薇和男朋友朝入口处走来。

陈晓薇和我谈恋爱的时候，从来没有化过这么漂亮的妆，我非常感谢她的现男友能让我有机会看到这么漂亮的陈晓薇。他们径直从入口处进去了，当然没有发现站在垃圾桶旁边拼命吸着奶茶的我。我吸完一杯，搓搓手，又开始吸另一杯赠送的奶茶。

我拿着票一进剧场的门，眼睛就寻找陈晓薇坐到哪里去了。工作人员接过我手中的票看了一眼，示意我就在这里坐下，我才发现我的位置就在最后排的进门处。这个位置的优点是上厕所比较方便。

我坐在整个剧场最偏僻的角落，在听不懂的音乐响起的那一刻，想起那些浪漫又庸俗的往事。

我和陈晓薇愉快地相处了一年半的时间。有一次我们吵架，我就在她家楼下弹唱泰勒·斯威夫特那首《爱的故事》。

她爸说再这样就报警了。邻居说再弹就要泼水了。我朋友说太装×了。陈晓薇说实在太土了，不过她说她还挺喜欢这种土的。虽然我没有听到一句好话，但是陈晓薇的喜欢让我心满意足。我人生中的大部分美好时光，都聚集在那一年半的时间里。我对陈晓薇说，我这个人虽然看上去显得油嘴滑舌，且唧唧歪歪能说很多，但其实不善于表达内心的想法，陈晓薇就把头靠在我的胸口说，不用说，我自己听吧。我说，你听到了吧。陈晓薇贴着我的胸口说，听了，你内心其实没想法。我"哗"地一起身，陈晓薇就一把吻住我，这就像点穴法，让我很长时间不能动弹。

爱情就这样在一年半的时间里，缓慢流淌，激流勇进，欢快蹦腾，磕绊前进，最终汇聚成虚无的大江大海。有一天，我发现陈晓薇不爱坐我的车了。她说，你知道吗？你不够成熟。我说怎么了？她说，我喜欢爱马仕橙纬古龙水的味道，而你的车里是可乐炸鸡鸭脖子的味道。我说，你喜欢这个香水我可以给你买啊。她说，这是男士香水。

这对于只知道六神花露水的我来说是一个沉重的打击。

我想着想着就有点哀伤，旁边的人看到我以为我沉浸在音乐会中无法自拔。于是我出门去上了一个厕所。五分钟后，我继续在音乐会的角落里回想那些事情。

后来我就在本市最高的楼上看到了陈晓薇的名字。这楼晚上总会打出一些灯光标语，譬如勇于奋进，创新致远，还有，祖国，我爱你。那一次打出了，陈晓薇，我爱你。我想，这比我在陈晓薇家楼下弹《爱的故事》都土，我打电话给她说，那楼墙上写的陈晓薇不是你陈晓薇吧。陈晓薇说，是我。我说，这也太土了。后来想想陈晓薇当初也和我说过就是喜欢这种土。

我一个人想了很多，音乐会就结束了。大家都离场的时候，我就站在门边没有出去，我好奇陈晓薇坐在哪里了，能不能再看到她。我在门边等了很久，给五六位中老年人指了厕所在哪里之后，整个剧场就空了。

作为我青春生活中重要的一员，我在我的故事里这样写道：虽然我知道陈晓薇的联系方式和家庭住址，但是却无法轻易见到她。于是我只能跑到她家楼下，等了一天才等到陈晓薇回家。我说，我不是来复合的，我来告诉你，海啸明天就要来了。陈晓薇先是一惊然后平静地说，还有其他的事情吗？我说，没有了，但我说的都是真的。陈晓薇看了一眼手机说，好的，我知道了，你走吧。我说，你不走吗？陈晓薇说，你快走，快点。我说，我们一起走也可以。陈晓薇说，你再不走我男朋友就来了，他现在停车。我说，可是海啸明天就要来了。陈晓薇说，明天我们就要订婚了。

这一天的海鲜面，吃得有点索然无味。我面对着一只虾和一点汤思考了很久，老板儿子就把我碗筷收走了。

我说，还没吃完呢。

老板把碗筷又放到我面前轻声说，海啸轰的一下来了。

我说，海啸是轰的一下来的？

他说，那轰几下？

我说，来了再说。

他压低声音说，已经来了。

我说，在哪？

他说，你过来看看。

我说，算了。

7

那一天，我独自走过天桥，被摆摊的算命大师叫住。我说我没钱,他说看出来了。于是我就放心地坐在他的小板凳上和他聊了起来。

他递给我一支烟,把写着"看相算命"的纸板翻个面,"突遭横祸,妻离子散,筹措路费,回家养母"那一面朝外。

我呆呆地看着硬纸板。

大师咬着烟忙收起硬纸板说,不好意思,今天不营业了,我们非常有缘,交个朋友。

我说,你好,朋友。

大师笑笑说,这就见外了,今年诸事不顺?

我说,今年屁事没有。

大师笑着说,年轻人啊,一个人生活?

我心想猜得好准,于是说,好几个人一起。

大师说,那内心其实还是一个人。

我不知道怎么回答大师。

大师说,你已经学会了自己和自己的灵魂对话。

我说,因为没有女朋友可以对话。

大师咳嗽了几下,问了我年龄生日,就开始和我讲了很多专业术语。大概意思是今年犯太岁,时运不济,但是我命中富贵,明年一定有所起色,爱情事业都会出现转机,不过需要贵人提携。

大师说，你左手伸出来我看看。

大师皱着眉头看了半天，我说，肾虚吗？

大师说，不要乱讲，是命好。

我说，有多好呢？

大师拉开一只黑色大包，拿出各类辟邪招财求福之类的物品，都是义乌小商品市场出品，标价都是奢侈品的价格，还价可以还到一折，一折利润都超过十倍。我心里不禁感慨大师哄抬物价的能力。大师见我犹豫，又拿出纸笔，当场给我写了字画了符，说是值三千块，我看着那寥寥几笔，比勒布朗·詹姆斯的亲笔签名都贵。

上次我在网上花了一千五百块买了一件勒布朗·詹姆斯的亲笔签名球衣，觉得价格略低是不是假货，于是又花了三百块请资深人士鉴定了一下，他告诉我百分之八十是亲笔签名。我说我都花了三百块，你就不能百分百确定一下？资深人士告诉我，这是严谨负责的态度，勒布朗·詹姆斯都不能百分百确定这是不是他自己的亲笔签名。我想想，真他妈有道理。

大师说，别误会，不谈钱，这字符送你，再加一个貔貅。

我接过大师的物品起身鞠躬表示感谢。

大师看了看我说,否极泰来,命中富贵,略微意思一下就行。

于是我又给大师弯腰鞠了一个躬。

大师说,朋友之间我一般是不主动讲钱的。

我说,我也是。说完再次鞠了一躬。

大师摁住我说,不必多礼。然后掏出二维码说,不强求,随缘。

于是我扫了五十块钱给大师。

大师说,不凑个整吗?

我给大师普及道,从数学角度来说,五十也是整数,哪怕五十一也是整数,但凡是大于零的都叫正整数。

大师说,一百两百,一千两千的才叫整。

我说,那一块两块,十块二十块算不算整?

大师说,你说咋整?

我说,你东北的?

他说,这你甭管,凑个一百吧。

我说,没钱了。

他说,貔貅还给我,字符拿走吧,五十块,当交个朋友。

我把字符递给他说，五十块也还给我吧。

大师挥挥手说，好聚好散。说完把那块硬纸板又拿出来，看了一眼又反转到"看相算命"的那一面。

回到家里，我按照大师的意思把字符贴在床头右边，左边挂着勒布朗·詹姆斯的签名球衣。我不知道他们都是真的还是假的，如果是假的其实也没什么坏处，因为如果是真的也没什么好处。

在我的故事里除了熟人，同样写到了一面之缘的大师，我这样写道：虽然我和大师只见了一面，但是凭借五十块钱一见如故，成为了挚友。我特意跑到天桥上和他说，大师，明天海啸就要来了。大师前面的硬纸板就被风吹走了。大师说，物极必反，这正是吉祥之兆。我说，我们可能挺不到"反"的时候就死了。大师说，切不可妄语，你怎么知道海啸要来了？我说，科学判断。大师说，你和我讲科学？我说，这世界上总有你猜不到的事情。大师听完立刻背起黑色的包夺路而逃。我说，大师，慢一点啊。大师回头喊，慢你大爷，城管来啦。

这一天，我走进昏暗的面馆，老板给我端上了热腾腾的海鲜面。等我吃完，老板来收碗筷，我问，今天都自己来？

老板说,怎么?

我说,你儿子呢?

老板说,你儿子呢?

我说,我哪来的儿子?

老板说,那我哪来的儿子?

我说,之前一直给你端面收碗的儿子呢?

老板说,有吗?

朋克大佛

1

我从生活中零碎的信息里得知,贝塔星人已经来了很久,插了很多蓝绿相间的旗帜,这里属于他们了,并且会对我们的世界产生极大影响,但是目前我的生活没有发生任何变化,甚至没有见到过他们。

直到这一天,他们急切地敲开我的门,要对我进行调查。也许是我刚才在室内抽烟,也许是上个月在隔壁小区死了一个人,也许只是例行调查。总之,他们告诉我,现在正在进行方圆二十万平方公里的首轮地毯式调查,现在轮到我了。我想这么大范围,都没有漏下我这样的人,说明我也是二十万平方公里内不可或缺的渺小又重要的一部分。

他们还告诉我，本次调查事关重大，不是我所能理解的，他们已经完全掌握了我的情况，我所要做的是认真回答关于这几天的每一个问题，任何细节都不可落下，如有遗漏，必究我责。

我说，一定不遗漏。

他们说，那我们开始吧。

2

十月一日那天，为什么家里的金鱼在冷空气还没南下的时候死了而你聚精会神地看了二十六秒且悠然自得？

这一天早上，我准备出门，走到门口，抽了两支烟，抽完后，又回到屋内关上门。这趟门虽然出得有点短，但好歹也走到了门外。我看了一会儿电视。电视已经打不开了，所以我只是看着电视，从黑屏里隐隐约约看见我盯着电视的自己，这比那些连续剧和主题新闻稍微真实点。看完电视，我就再次出门。遇到刘大爷在找他的狗，他问我能不能帮他一起找，我没理他，他就骂了我几句。这不是我的错，刘大爷这狗已经找了五年，我没骂他已经很好了。我对老年人一直很关爱。上次王奶奶晒的衣服掉落在枇杷树的顶端，她求我帮她拿一下，我费了九牛二虎之力爬上了十多米的树，帮她拿到衣服，直接扔给了她，她连连感谢着说家里烤牛肉要烤煳了就先走了。我卡在树上半天下不来，小区里的人连同保安边报警边对我指指点点。那一天场面有点宏大，没事干的人都来了。在我住的地方，三十多岁的人，这样爬到景观树上下不来有伤风化。过了很久以王奶奶为核心成员的中老年妇女团里传出来，综合我过去的行为状态，我可能有点不太正常。

这一天我还开着小破车去了没有人的野沙滩。那里有一块很大的礁石。我经常坐在上面，看看天空，干吃一包泡面。礁石表面有很多牡蛎，有个老头经常来敲牡蛎，而我坐在礁石上面，他绕着礁石敲一圈，直到他的小榔头快敲到了我的大腿，我们也从未说过一句话。

我以前看着天空，浮想联翩，因为没什么天文物理知识，容易想得无边无际。想到妖魔鬼怪，外星文明，看着云朵的变化，就感觉他们要来了，要是他们来了这个世界会怎么样，想得经常泡面都忘记吃了。其实你们不来，我还一直有这样的幻想，现在你们来了，也就那么一回事，什么想法也没有了，所以你们还是不来比较好。不过中国人有句古话，来都来了，那我继续说啊。现在我对天空没什么期待了，就一直对着大海想，有没有什么海上来的妖魔鬼怪，或者海底人之类突然出现。要是他们也来了，我只能对着土地幻想，有什么地核人或者土地公公出现。要是海陆空全都到齐了，我的幻想就要没了，那时候我会犹豫我还要不要继续做个人。

我就这样在海边待了一下午，这地方风太大，空无一人。有一个男的孤零零走过来，此人有点奇怪，向我搭讪，我没有理会。他突然厉声对我说，你这样，我就要掏枪了。我心想这情况不对，转身对他说，我也有枪。他说，那好啊，来吧。我夺路而逃。他说的枪是他裤裆里的枪。我就这样提早回家了。我开着小破车。我这车虽然很破，但有车载电视、车载冰箱、车载电炉，比我家里齐全，但没有年检和保险。

夕阳西下的时候，电视里有个节目，以"你妈让你往东走你应该往哪里走"为主题进行讨论，每位嘉宾都在发表自己的观点，争论极其热烈。我觉得每个人都说得很有道理，但似乎缺少一点什么，又表达不出来，握着方向盘的我很纠结。我这个人本来挺轻松的，后来靠着电视和网络灌输了一点知识和道理，增加了一点审美，就开始变得想东想西了。节目里有一位年过半百的著名男嘉宾，自信满满，言语激昂。这个人我不太喜欢，由他担任形象大使的老中医补肾丸永远在电视上卖着最后一盒。这个人还说过，我们这一代生长于港台垃圾流行文化之中，大部分人是被这些垃圾文化长期熏陶着的垃圾。这个言论让他被很多人骂成了更加著名的"男嘉宾"。我也假装思考过，没有被港台垃圾流行文化熏陶过的垃圾就不能算作垃圾吗？好了，这时候，我终于撞车了，我下车看了看说，算了，小事情，走吧。那个人说，是你撞我的啊。于是我掏出三百块说，算了，别报警了。他说，你是不是喝酒了？我又给他三百，他说保险也没有？我再给他三百，他说年检也过期了？我心一横说，报警吧。他笑脸相迎地说，九百就九百。我说，报警。他说，行行行六百就六百，三百，就三百吧。

回到家，我吃了前几天剩下的面包，然后就躺在沙发上睡着了。梦里又梦到了白天的场景，这个我就不重复说了，都是一模一样的，其实还有梦中梦，不过也是一样的场景，包括梦中梦的梦中梦。后来我就醒了，才十点多，睡了半天这一天还没过去。

我走到阳台上，老刘还在下面找他的狗，喊着旺财旺财，上午还是在喊富贵富贵，这不是老刘有两条狗，而是老刘根本就没有养过狗。远处的地标烂尾楼一片灰暗，就像鬼楼一样在那里矗立了好几年，本地论坛有关很多这楼的传说故事，有些听起来是真的有些听起来是假的，听起来假的基本都是我编的，听起来真的是我另一个朋友编的。

至于冷空气，好像都从遥远的西伯利亚吹来，有机会我想去那边看看猛犸象是不是和我那骗子朋友说的一样。

3

十月二日那天，为什么吃快停产的冰激凌时你先随心所欲地从左边咬出一个不规则的横截面且心平气和？

今天有点热，我走过河滨公园，里面有很多人在钓鱼，密密麻麻一排。我看了一会儿，这大概是观赏性最低的一项活动，于是观赏的时候引起许多不必要的思考。有时候我觉得自己像一条鱼，你们就像钓鱼者。没什么特别的影射和含义，纯粹是长相比较像而已。我走的时候，不小心踢翻了一位垂钓者的鱼饵，本来没几块钱的事儿，他却一定要我把鱼饵吃下去，虽然我也在想这鱼饵到底好不好吃？但别人怎么对我我就怎么对别人，于是我也要求他把鱼饵吃下去。我们两个开始相互逼迫对方吃鱼饵，渐渐引起钓鱼者的围观。资深钓者提出，要不石头剪刀布，谁输了谁吃，要不就一人吃一半。更资深的钓者说，要不我替你们吃了。资深钓者说，你敢吃，我给你一百。更资深的钓者说，要不就不给，给一百你是侮辱我？资深钓者说，怎么？就给一百怎么了？于是两个人开始争论起来，我趁机赶往我的二舅家。赶往二舅家的途中，我还在想，鱼饵好不好吃？

我到二舅家的时候，二舅去世五周年纪念仪式已经接近尾声，他们赶紧让我上去叩拜一下。我双手合十，叩拜了三下。我二舅活着的时候没有存在感，身材瘦小，性格懦弱，生前在一家工厂扫地，家庭地位最低。五年前去世的告别式以及每年的纪念式算是关于他比较隆重的事情，但是家里人在叩拜特别没有能耐的二舅的时候，都让他保佑自己平安顺利兴旺发达，好像一个再无能懦弱的人一旦死去都可以做到这个世界上的任何事。

我在二舅家吃完饭，就开始漫无目的地散步。一个下午，我走过了许多地方，但又好像哪里都没有去。我应该没什么表情，也没什么情绪。这期间有一只流浪狗跟着我，有时候它在我后面，有时候它在我前面，我也分不清是它跟着我还是我跟着它。我凝视了一会儿地上的一只手套，掌心有一个可爱的笑容。是不是可爱的笑容我也没法确定。我也不知道这是别人不小心丢的还是随手扔的。我在想主人会是怎么样的一个人？突然，这只手套就被清洁工扫进了畚斗里。我又凝视了会儿地砖。地砖冰冷灰暗又带着俗不可耐的花纹。这时候洒水车就来了，播放着耳熟能详但又莫名其妙的音乐。我退到墙角边，紧贴着那些分不清是政治还是商业的标语，衣服上还沾染了那道劣质破墙的白色墙灰。

我就这样沿着墙朝家的方向走去。走上那座历史八百多年去年刚重建的桥，桥上有一个人摆着围棋残局，纸牌上写着"破局拿走五百"，我盯着残局看了很久，男子忍不住问我，玩吗？我说，我不懂围棋。男子说，中国象棋也可以。我说，有没有飞行棋？弹珠跳棋也可以。男子想了想，拿出一副扑克。我说，比大小可以。男子又收回扑克。我告诉他，比起技术我们更应该相信命运。男子又掏出扑克，于是我们玩起了比大小。最终我输了六十块。我告诉他，我现在没钱，但是我家就在附近，回去拿给你。我说的是实话，但他却一把抓住我，要我立即交钱，我说你要这样我就喊城管了，他气冲冲地放开了我。这是城管第一次对我直接产生正面作用。

我走到小区大门口，工人们正在拆除小区名字那几个破旧的金属字。拆之前，起码有一小半的笔画已经掉下来了，没有一个字是完整的。业主强烈要求拆除，不是因为小区名字认不得了，是因为剩下的笔画时不时还会掉下来，大家每次进出大门都是闪进闪出，年纪大的走到离门一米远的地方，站定憋气，然后吃力又踉跄着进出。大门就像午门一样。后面几笔掉下来，都没砸到人，只是有一次吓到了七十多岁的刘大妈。刘大妈说自己差点心脏病爆发，于是带领一批业主围堵物业好几天，最终物业拆除剩余的笔画。他们还表决，拆除后就不要换新字了，别浪费我们的物业费，有没有小区名字对居住完全没影响。

我走上昏暗的楼梯，拍手蹬脚声控灯都没有反应，只能大声喊。我喊了好几次傻×，灯还没亮，一旁的门却已打开，和我对骂起了傻×，即使这样声控灯都没有亮。

我朝着昏暗继续往上爬,这三十多年,我已经搬过二十多次家了,其中二十二岁那年集中搬了二十多次,在那一年深刻理解了家的意义之后,至今在这里已经住了十多年。回到家之后就一直躺在沙发上,什么也没做,甚至饭都没吃,就慢慢睡着了。这一次好像真的梦到了外星人,哪个星球不知道,不过这应该是后半夜的梦了,后半夜的梦据说都不是真的。

至于冰激凌,用牛乳、奶粉、奶油、糖就可以做,我一个伯伯就是靠卖奶粉赚了很多钱而和我姨妈离婚了。

4

十月三日那天,为什么《美国白痴》唱到3分23秒的时候你精神抖擞地打了一个哈欠且毫不知情?

我早上起得很早,因为实在没钱了,想出门弄点钱,这个想法和远古人类一样,没有吃的了,就出门去找食物,运气好能打点猎物,实在不济也可以采点野菜野果,按照现代人类的文明方式，我只能去偷抢拐骗，实在不济路上捡点钱，但现在违法成本太高，运气又太差。我只能在街上瞎转悠。

我在热闹的市中心广场入口处，盯了一只小丑很久，其间拿了十多份他发给我的各种传单，在他休息的片刻，我问他，还需要人吗？他摘下小丑头套，满头大汗地告诉我，四十块一小时。我说，日结吗？他说，日结。当天中午我就变成了小丑。我透过小丑狭小的眼睛看着外面的世界。世界忙碌地摇晃着。那些人我陌生又熟悉。有些小孩子跑过来和我合影，有些和我说你好，有些打我屁股，有些对着我做鬼脸，还有一些把传单揉成纸团砸向我。但是看上去，这一切都是友善且美好的。

晚上五点以后，我被管理人员拉走了。我坐在他的办公室里，他告诉我，五点以后客流高峰期不能在这里。我说，知道了。他说，知道了没用，得罚款。我说，我不是老板。他说，老板联系不上了。我说，老板就在广场里的A185号。管理员说，骗你的，他们根本没实体店。我说，那怎么办？管理员说，那只能罚你了。我说，我意思是我拿不到钱怎么办？管理员说，这你问我？我说，我就是因为没钱才来做小丑的。管理人员点起一支烟说，摄像头都拍到你了，我也只能按规矩办事。我说，拍到的是小丑。管理人员说，先把这身行头脱下来吧。我说，不罚款，我再脱下来。他说，不罚款是不可能的。说完开始开罚单。

此刻，我起身拔腿就跑。透过小丑的眼睛，世界剧烈摇晃。我跑过广场，马路，小区，高楼，桥梁，最后在公园的一个角落坐下来。我依旧没有脱下小丑的行头，虽然闷热，但是安全。安全来源于大家都不认识我。我甚至想，人人都有一套行头一直不脱下来就好了。

天完全黑下来的时候，我还是脱掉了它。我刚把头套放在椅子上，就被一个大妈拿走了，我一边脱大妈一边收。我说，衣服我就不脱了。大妈面无表情地走了。这时一个穿着破烂双腿残疾的流浪汉，伸手问我要钱，我说你这一身行头一天能赚多少钱？他摇摇头示意自己是个聋哑人，我说你点一下头我就给你十块，于是他点了一下头。我说你再点一下，他又点了一下。我说，装聋作哑可以赚钱？他说，钱呢？我说，没你赚得多。他立即走了，转到下一个目标，好像和我这样的人说话就是浪费时间。

我还遇到一个卖野生甲鱼的农民工。他举着甲鱼，没有人理他，只有我盯了他很久。他问我一千块怎么样？见我没说话，就说八百块，旁边刚抓上来的。我说，具体是哪里抓来的？他指着后面的池塘说，就在那里，半小时前刚抓的。我说，你确定吗？他说，骗你不是人。我说，一会儿我也去抓，卖六百。他拉下脸走了。

我起身沿着江走，这条江的尽头就是入海口，再往前就是东海了，出了东海就是太平洋了，过了太平洋就到美国了。我在入海口的栏杆上，看到一则寻狗启事，主人悬赏五千块钱。我想这赚钱机会到处都是，脑子里顿生好几套忽悠方案，于是我拨打了主人的电话。对方说，你好，哪位？我说，请问你是在找狗吗？对方说，对，下午刚找到了。我一把扯掉那则寻狗启事，揉成一团，扔到了大海里。我注视着那团纸涌向大海，虽然很快不见了，但我还面朝着它的方向想，一定会漂到美国，会惊动美国海岸警卫队，海空军联合火力攻击这个不明纸团。

我一直在入海口待到了凌晨十二点，这期间，有一个骑着电动车的保安过来，提醒我钓鱼注意安全。我说，我不钓鱼。他又掉头疑惑地看着我说，那你在这里干什么？我说，我也不知道。他就更加疑惑地看着。我说，这里什么也没有，来这里巡逻干吗？他说，就看看大海有没有异常，看看有没有你这样的人。我说，我跳了你还能来救我？他说，那不能，只负责提醒，我又不会游泳。他又将电动车掉头说，我两三千一个月都没有想不开，你别想不开。我说，两千三还缺人吗？他上下打量了我一下，骑着电动车开走了，尾部的警灯一闪一闪的，伴随着潮汐声好像消失在大海里。后来，我就在那边打起了瞌睡，半睡半醒间就这样过了凌晨十二点。

《美国白痴》这歌特别好听，上次我车里放着这首歌有人骑着摩托车特意追上来问这什么歌而重重摔倒在地上。

5

十月四日那天，为什么你家楼下的流浪猫在蓝天白云下突然摇了一下尾巴你却斜叼着烟且无动于衷？

我下楼去发动那辆很破的汽车。我隔几天发动一次去跑一圈，以防止汽车打不着火。这一次，却已经打不着了。我自己捣腾了很久，又打电话给修车师傅老陈，老陈满口方言让我打开引擎盖，讲了好几分钟专业术语，问我好了没？我说，还在开引擎盖。我把车拖到老陈修车店，老陈拿着扑克牌说，在忙，你等会儿。我等到三缺一，老陈说，你顶替一下吧。我坐下来和他们玩到了中午，输了一百多块，老陈摆摆手说，钱别给了，午饭你买就行了。我给他们买了一百块左右的午饭，觉得自己还赚了几十块。

吃完午饭，大家都散了。老陈抽着烟，让徒弟小王先给我检查一下，自己对着那台九十年代的电脑玩起了纸牌游戏，时不时还玩玩扫雷和弹珠，弹珠卡住的时候，老陈一个劲拍电脑，卡得鼠标都不能动的时候，就一把拔掉了插头。小王对老陈说，查不出什么问题。老陈看着我说，那就是没问题了。我说，不能发动了还能没问题吗？老陈坐在从车上拆下来的后排座上说，就像一个人，死了，但没什么病，说明寿命到了啊。我站在油腻腻黑漆漆的修车店里说，说得真有道理啊。老陈的座位漏出破棉絮，老陈一边挖着破棉絮一边说，有道理吧，学到了吧。我说，那不用修了吗？老陈将挖出来的破棉絮往旁边一弹说，先放着吧，有空我再看看。

我下午去补办身份证。我简单说一下为什么去办身份证。半个月前我在小区里，看见一个姑娘长得挺好看的，经过几天的摸底，发现她住在我对楼的903室。我昨天晚上才决定，直截了当去要她的电话。当晚，我就发现了中国电信一个非常优惠的电话套餐，又当即下决心把中国移动的卡换成中国电信，换卡需要身份证，接下来我找了三天的身份证，最后决定去补办一张身份证。说实话我有点忘了那个姑娘长什么样了。

我在那里坐了很久，起先是排队，后来在那边又坐了一会儿。很快一个下午就过去了。这一天天气还是比较热，我在那里喝了很多白开水，还有大麦茶，全部免费供应。我甚至躺在了联排椅子上。一个保安走过来告诉我，躺没问题，但是能不能躺得好看点，你这样子有伤社会风化。我说，哪种躺姿算好看？保安想了想说，我说不出来，你起来，我给你示范一遍。

他的躺姿一会儿闭月羞花，一会儿含苞待放。边躺边拍拍腿进行细节讲解，弯曲八十度，双腿并拢，手，看见了没，一定要放在后脑勺下来一点点的地方，那个，对，天柱穴，知道不？我继续喝着免费的白开水问，什么叫天柱穴？保安一下子坐起来说，这个你不懂？我可以给你好好讲讲，你对我们传统医学完全不懂，这点我很有研究。保安从头到脚给我详解了一百多个穴位，此刻已经快要关门下班。保安说，我换个衣服下班，一会儿一起吃个饭。我说，我还有重要的事情，先走了。

我在路边买了几个面包，急匆匆赶往镇海口。据我的几位狐朋狗友说，那里是捕蟹圣地，只要蟹笼放在那边，在上面吹会儿牛，一笼蟹就有了。我特意买了一只蟹笼，开着这辆破车前往镇海口。我们约好七点，一直到九点，我也没有看到一个朋友。我一个人在镇海口待了两个小时，蟹笼一直放在车里。我没有给他们打电话，他们也没有给我打电话。对于我来说，捕蟹不捕蟹都无所谓，主要是来这里看看镇海口的潮涌，内陆的水是如何流到大海里的。我有时候在想，我们所有的一切都是这样被汇聚流向更宽阔的远方。那一晚我有很多想法，但没有必要说出来。我当晚就睡在车里。十一点多有人敲我玻璃，我一打开窗，发现我的几个狐朋狗友到了。他们用手电筒照着我说，来得真早啊。他们放下蟹笼的时候我才知道，原来他们说的是早上九点，现在是第二波了。他们坐在岸边，盯着江海汇流处。一个人说，我年轻的时候在这里游泳，江对岸来来回回十趟没感觉。另一个人说，我在这里划船，往外面划，划到了公海，在上面睡了一夜，又划回来了。第三个人说，台风来的时候，镇海口海水倒灌，我第一个跳下去抗洪，一个人堵住缺口。我坐在旁边说，那个……他们三个说，快快快，把蟹笼去拿上来，肯定有了。我对着镇海口上方的夜空想，我还能说点什么，时间就已经过了十二点了。

流浪猫在我们的小区里专门有人喂养，我朋友就是在喂养流浪猫的时候认识了他年轻漂亮富有爱心的老婆，今年刚离婚，还好只损失了半套房子。

6

十月五日那天，为什么拿着长短不一的筷子轻而易举地张开到了七十五度角且毫不在意？

这一天，我去一家公司应聘，因为就这家公司的岗位没有什么要求，好像是个人都能去。一大早到了那边，问了我姓名年龄，就通知我进入了第二轮测试，交了三百块钱被大巴急匆匆拉到了一个荒郊野外。第一个项目就是玩真人CS。我们穿上迷彩服，拿上玩具枪，分成两队，穿梭在野地里。

赢的那队可以返回五十块。我的策略是只要藏得够好，就是稳赢。于是我扛着枪拼命往更偏僻的地方走。过了一小时，我坐在一片农田边，一个种田大爷叼着烟看着我。他问我，你是哪个部队的？我不知道怎么回答。他又问，现在又打起来了吗？我起身往回跑。我以为我赢了，但等到的时候，游戏已经结束了，他们似乎都没发现少了一个人。我也若无其事地准备参加第二个项目。只听有人喊，接下来我们进行第三个项目，拔河。拔河的时候，我问前面的人，第二个项目怎么没有？他说，我才刚到什么都不知道？这时候，队伍一阵涌动，我们输了。在此说明一下，拔河我的确一点力气都没花。根据公司的说法，通过三个项目，检测了我们的团队意识，个人意志，个人力量。接下来，测试个人速度，一百米跑步比赛。我随便跑跑就得了第二名。前三名晋级到了下一轮，其余人淘汰观望。下一轮是耐力测试，每个人跑三千米。我也很想被淘汰，想尽办法跑了倒数第三名，这一次倒数三名进行惩罚性测试，每个人五十个俯卧撑。

　　下午的第一个项目是，当众演讲，测试每个人的胆魄。第一轮演讲主题是介绍自己。我突然想起我那几个朋友吹牛的场景，而我依然在演讲评分中排名靠后。下午第二个项目是百科知识竞猜，一会儿罗马角斗场的座位有几个一会儿宋朝北海郡民间主食是什么，弄得我一道题都没回答对，知识面测试结果为零分。接下来还有唱歌比赛，成语接龙，你画我猜，最后一个项目是打牌斗地主，斗地主的时候我把把都赢，但赢了和没赢一样，在吃晚饭前急匆匆把我们送回了市区。回到市区，我胆子大了一些，和公司说，我也不举报你们了，三百块钱还给我就行。公司表示，虽然我没有被录取，但是三百块钱肯定退给我。半年之内你可以继续参加测试争取通过，如果不愿意，我们每个月分批将三百块退回给你，并且赠送你一份我们公司为你特制的精美礼品一份。我说，你再说，我现在就举报你。对方掏出一只熊猫小玩偶说，礼品先给你，钱按公司规定一定分批归还，这是我职权范围内最大的权力了。

我拿着熊猫小玩偶看了很久，它的黑眼圈一只大一只小，没有四肢，鼻子就一个黑点。我爬上那辆年代久远的车，将熊猫玩偶放到中控台，一会儿移到左边，一会儿移到右边，最后放在了中间。我开了几十米遇到红灯一脚刹车，熊猫玩偶就掉了下来。我俯下身去捡熊猫玩偶，红绿灯变绿，高峰期后面的喇叭声此起彼伏。我一直找不到那只熊猫玩偶，也许因为太小滚到了椅子下的缝隙里卡住了。交警走到我车窗边，问我原因，我说车子坏了，他让我去车后架上警示架，马上让保险公司来拖车。我架好警示架，打了保险公司电话，跳上汽车，打着手电筒仔细寻找那个熊猫玩偶，四周车水马龙，绕着我来往。我在拼命寻找我一天的所得。

拖车到的时候，我发动了汽车，换了一个地方，停好车，继续寻找那只劣质熊猫玩偶。我拿掉脚垫，拆掉椅子，在这一天快要结束的时候，终于在左后方的缝隙里用手指夹出玩偶，但这是另一个神龙玩偶，这个玩偶让我想起三年前的故事，比熊猫玩偶更精彩的故事我就不讲了，因为和当下无关。

筷子是我国的"五大发明"之一，我叔叔说另外四大发明是马车、灯笼、宝剑、假山，去年他因为玩灯笼导致火灾私了赔了六十万。

7

十月六日那天，为什么经过了宏大广场的第五根电线杆你捋了一下头发且神情自若？

那天和喜欢的人去看日出。我不喜欢看日出，但喜欢这个人。这个人不喜欢我，但喜欢看日出。于是我们在这天太阳升起来之前登上了四明山的顶峰。去的路上，她在后座睡觉，我在前面半睡半醒地开，车厢里一阵萎靡不振的气息，只有收音机里的补肾丸广告依旧铿锵有力。爬山的时候她很慢，我想拉她一下，她宁愿拉着树枝也不愿意麻烦我。

在山顶，我拿出为她准备好的早餐，她拿出为自己准备好的早餐。我们面朝东方，似乎迎接一个新的世界。微风吹来，好像她在轻拂我的脸庞。我说，日出真好看啊。她说，你也很喜欢吧？我说，非常喜欢。她说，我就知道你喜欢，所以顺便让你带我过来。我说，你还喜欢什么？她说，还喜欢日落。我说，那要不我们等着再看日落吧。她说，你有病吧。我说。啊？她说，不好意思，我说话很直接，因为我把你当自己人了。我说，只要把我当自己人，你说什么都没事。她说，但是我对男朋友还是很好的。我说，你有男朋友吗？她说，没有。我说，我也没有女朋友。她说，看，太阳出来了。我帮她拍了很多照片，她一边看日出一边操作手机。等到太阳完全升起来，气温逐渐升高，我说，真的不打算看日落了吗？她说，我们在这里待一天？我说，我没问题。她说，我男朋友已经在下面等我了。我说，你刚不是说没有男朋友吗？她说，刚有的，对他最后一个考验就是来不来接我，他是从北京来的，现在刚下飞机。我们花了很长时间，慢慢下山。山脚下她和我挥手告别，钻进了男朋友的车里。

我半躺在驾驶室里，前面看着有点糊，不知道是我眼睛的问题还是挡风玻璃的问题。我想起早饭还没吃。我拿出两只冷却的肉包，把它们扔出了窗外。

太阳已经越来越高了，十月份的南方还是很热，远处的山峦一片绿色，这里似乎永远都是绿色。人们都说多看远处，多看绿色，心情会好，视力也会好。我就一直这么看着。我在想，山里面有什么，会不会也有我们从来没有看到过的神仙，神仙是不是有求必应，如果我和那个男的都同时希望她成为自己的女朋友，那神仙应该听谁的？神仙如果只能帮助一个人，那他和凡人有什么区别？我想得实在饿了，就开车回市区。我开动汽车后，还碾压了那两只被我扔在旁边的肉包。我从后视镜里看到，它们一团模糊地与大地融为一体。

我又从收音机里听到专家在说，生命在于运动，跑步带给我们很多益处。我想立即给自己多增加点益处。我拐到一家广场，千挑万选了一双最便宜的跑鞋，买了一套速干衣。

我边开车边计划，一天到底跑四十公里还是二十公里，想了会儿，折中一下给自己订的目标是每天跑三十公里。我将车开回家停好，换上跑步装备，从家里出发。

我先热身，从走路开始，慢慢地，走得越来越慢，虽然速度越来越慢了，但是我感觉自己已经跑起来了。这是一件令人兴奋的事情。旁边散步的大爷大妈纷纷超过跑步的我。我开始对跑步充满了兴趣。我大概跑了一公里，但自我感觉跑了很远。我认为人不能被速度和距离所束缚，不要为了冷冰冰的数字跑步。我调整了我的计划，摆脱了数字的困扰，每天自我感觉跑了很远很远。

我回到家，开始冲澡。我把水开到最大，站在喷洒头下面，就像在淋一场大雨。我眯着眼睛，盯着那个地漏，开始思考，这些水会流经哪些地方。最后我想到了，它们最终会流到太平洋里。如果我一直站在这里，太平洋的水位是否会升高。一想到这里，我就关掉了喷洒头。

天已经暗了，我从冰箱里拿出一罐可乐。这罐可乐喝了好几天，已经没有气了，但是依旧很好喝。我拿着可乐走到阳台，让晚风吹干我的头发。我的头发现在越来越干涩了，暗淡无光，发质越来越差，据说年龄大了就这样，过了这个阶段，就要开始秃顶了。我将没有气的可乐一饮而尽，捏瘪可乐罐，从楼上扔了下去。我高空抛物的原因是，上个月有人从楼下将石头扔进我阳台。我不懂高空抛物法，我只懂得扔来扔去。我走到洗手间，取出新买的沐浴液和洗发露灌进壁挂器里，这个时候我发现一直以来，将沐浴液和洗发露灌错了，也就是一直以来我用沐浴液洗头，用洗发露洗身体，这似乎不会有任何影响。

宏泰广场前面人行道部分的地砖是我二舅承包的，当时他从老板的小舅子的朋友的地方包下这个活又转包给了他的侄子，直到现在工钱都没有拿到导致亲人反目。

8

十月七日那天，为什么你三姑的妈妈发现遗传了家族的静脉曲张而你完全没有且漠不关心？

这一天我在家附近转悠了很久，实在没有地方去，也没有什么事情干，不知不觉走进了旁边的菜市场。这应该是我第一次来这个菜市场,平时一个人根本不需要来这里。我对于传统的挑菜选菜讨价还价毫无经验。我在嘈杂的环境里,从东走到西,从南走到北,有一半的人朝我吆喝,称呼我帅哥老板兄弟等,只要我稍微站几秒钟,他们就说最后一点好东西便宜价格都给我了。我站在一个卖菜摊前,煞有介事地拿起一颗白菜左看右看,还凑到眼前仔细端详一阵,大妈说,小兄弟啊,这你能看出什么,我的菜根本没有好坏之分,就大小的区别,要几斤?我放下菜就走了。我在海鲜摊位前,抓起一只活蟹,依旧左看右看,再凑近看,然后闻了闻,接着用手指弹两下,最后又左右手掂量着,等我抬起头,老板也凑近我左看右看,然后盯着我说,怎么?你市场监管?还是古董鉴定?我放下活蟹又走了。在猪肉摊前我站了一会儿,根本分不清猪肉的好坏,闻也闻不出来,也许尝也尝不出来。我突然发现自己离生活有点遥远,在红色的灯光下,那一坨一坨的东西闪闪发光。我回过神,老板拿着菜刀朝我挥舞着说,买不买啊?不买别总挡着啊。我看着老板的菜刀和大金链子走开了。我往菜场门口走去,路过熟食摊,鸭脖子的香味扑鼻而来,还有很多卤肉放在那里,有两只苍蝇在上面飞来飞去,好像在谈恋爱,店主坐在旁边的躺椅上打瞌睡,手臂下垂压着一只苍蝇拍，一只卷毛小狗在啃咬他的拖鞋。

  我什么也没买，走到外面重重地呼吸了一下，突然，手机铃声响起。我手机里没有存任何人的号码。我接起电话，一个女人急匆匆地问我，你到了吗？我说，到哪里？她说，你现在还在路上？我说，对。她说，他们让我催你一下，现在快五点了对吧？我说，对,催什么？对方说，江滨广场北门，这地方你知道的吧？我说，知道。她说，那他们现在已经在那里等着了。我说，是吧？她说，快点啊，你现在到哪了？我说，白鹤菜市场。她说，怎么去那边了啊，那边也有货要拉？我怎么不知道？我说，我也不知道。她说，你是不是叶师傅啊。我说，不是。对方说，那你在说什么？我说，你等等。她说，等什么？我说，等我穿过马路，我和你好好谈谈。她说，谈什么？我说，你不要急。她说，我电话打错了是吧？我说，你没打错。她说，到底是不是叶师傅？我说，我问你一个问题。她说，你快说，我时间紧。我穿过电瓶车纷乱的马路说，你知道世界本来的样子是什么吗？她忙乱中说，什么？我没听清，你再说一遍。我想了想又换了一个问题说，人类的终极自由是怎么样的？过了三秒钟，那边传来电话挂断的声音。我拿着手机，一位辅警拦住了我说，过马路打手机闯红灯，罚款二十元。我说，不小心走错了，刚从对面走过来。辅警说，这理由没用，我们只看结果，你要是不打手机不闯红灯过马路，你一直来回走，我们也不处罚你。这一天，虽然天色渐晚，人车川流不息，但我依然在这个路口来回走了很多遍，走到辅警问我，你想干什么？我说，不能处罚我吧。他说，可以按照妨碍交通秩序处罚你。我说，再走几遍构成这个罪？他说，你再走一遍试试。我说，这样，这次我真的要走过去回家，最后一次，过马路回家应该不属于犯罪吧。辅警盯着我走到马路对面，我回头看看他，拿出手机，拨通了刚才的那个电话。电话很快接通了，依旧是那个女人急匆匆的声音，喂，谁？我说，那个叶师傅。她立即在电话里喊，叶师傅啊，叶师傅，快来一下，有人找你啊。过了几秒钟，一个沙哑粗犷的声音传出来，谁啊！我说，叶师傅你不是去江滨广场北门了吗？那边顿时提高声音说，他妈的一帮傻×，什么都不懂，老子在这里等了半天，全是他妈的新手，叶师傅王师傅陈师傅每个师傅都认不全，眼睛瞎了还是我们没长脸啊，好好单子乱派送，什么狗屁配送，什么猪猡程序，他妈的当我们是机器？我们一分钟都不会等，你他妈找我干嘛？我挂了电话，把手机放进裤袋里，朝家的方向走去。这一天的夕阳其实很美好，有点火烧云的感觉。虽然我朝着家的方向走，但是走了很远，依旧没有到家。我在黑夜里回顾这一天，并且思考这一天的意义，主要原因是肚子不是很饿，回家也没有什么事情要做。我在小区楼下待到了接近十二点，看见平时八点睡觉的王奶奶已经起来在垃圾桶里翻垃圾了，而我打了一天中最后一个哈欠。

三姑的妈妈我应该叫外婆还是奶奶我还没搞清楚，三姑是我爸爸的姐姐或者妹妹，但我爸爸没有姐姐也没有妹妹，我奶奶说，生儿子生得她已经改变了重男轻女的观念。

9

十月九日那天，为什么将水煮沸后等它降温到九十二点八度你才泡红茶且习以为常？

这一天我有点失眠，所以很早就起床去了河滨公园。我坐在石凳上，哈欠连天，但是躺在床上却整夜无眠。我垂着眼皮看一位大爷，舞剑，练拳，劈叉，打沙包，全套下来，他走到我面前说，过过招？我说，什么？他扎好马步，摆好姿势说，你试试。我说，怎么试？他说，用力推我，看看我的腿会不会移动半步。我说，你年纪大了，不要玩这个。他说，你不懂练武之人，来试试。我搓搓手，随手一推，大爷瞬间倒在地上。我心想，完了，这是讹钱。我蹲下还没开口，大爷忙说，你放心，我不是讹钱。我说，那你讹什么？他说，我是真的倒了，放心，我正式编制退休，有医保。我看着他直挺挺的身体说，那你为什么还这么僵硬地保持着这个姿势？老头说，年轻人，这就是我要证明给你看的，你看我人虽然倒下了，但是姿势没变对吧，尤其你看脚步一动没动，这就是我苦练的内功，你明白了吗？我点点头说，明白了。老头说，真的明白了？我使劲点点头。大爷听完即刻瘫软在地上说，快扶我起来，上医院检查一下，我不要你负责，更不会赖你，放心，我再说一遍，我有医保，有机会再来推我，刚才都看清楚了吧。我使劲点点头准备离开。老头却一把抓住我问，你有医保吗？我摇摇头。老头松开我的手说，那你别学我。

太阳越升越高，我躲进河滨公园另一头新建的一个艺术馆。艺术馆外面造型很艺术，里面空空荡荡也很艺术。我在里面遛了一圈，什么也没看到，只闻到了一股新装修的气味。我站在门口，虽然已是秋季，但是阳光依旧像夏天一样。这时候，有个头上一根毛没有，但是嘴巴长了一圈毛的中年男子走过来说，看展吗？我说，什么？他说，这里的画展。这时候我才发现空荡的大厅里墙上挂着画。他挺着肚子戴着茶色眼镜，指着墙上的一幅画说，知道毕加索的少女吗？我看了看那幅画说，我能看出这是少女已经很不错了。他笑了笑说，不知道毕加索？我说，这是毕加索在开画展吗？他拍了拍自己胸口说，是我。我说，你是毕加索吗？他又笑了笑说，幽默，你是做什么的？我说，怎么了？他说，全球六十亿人，但一般人看不懂我的作品，也不会特意来，你是三天来的第一个，所以我对你很好奇。我心想，三天都没一个人来看，这画我一点都不好奇。于是我直说，我就来上个洗手间。他指着我说，有趣。我说，真的，刚没找到洗手间。他摘下茶色眼镜吹了两下又戴上说，我应该没看错你，你也是一个艺术家。我说，是一个无业游民。他说，人不可能完全认识自己，无业游民也好，其他职业也好，这只是你的一面，你的另一面就是艺术家，可能连你自己都没发现，但我可以发现。他和我谈起了艺术，我也和他谈起了哲学。我们在十月热烈的阳光下,在一个无人问津的艺术馆门口,谈论了许多古今中外的哲人先贤,有些名字很长,有些名字很拗口,有些名字我们可能都没有说对。我们还谈了上帝和佛祖。他还谈了他的老婆和小孩。他摇摇头说,小孩太小,老婆太老。我看了看太阳说,我得走了。虽然我也不知道应该要去哪里。他也看了看太阳说,那我也得走了。

这个时候我终于饿了。我似乎已经很久没有按照固定时间来吃饭了。周围有很多吃的东西,但是我就是不知道吃什么。我一度有一个很幼稚的想法,认为"吃"是一件很俗的事情,所以我对于吃很随便,更难以理解用花大价钱或者排长队获取食物的方式。随着年岁渐长,我慢慢将我这种想法定义为"傻"。此刻,我正排在一个长队里,虽然不知道前面卖的是什么,但是重要的是参与的过程。现在总有那么几个瞬间,我想完全融于此,把自己狠狠扔进人潮拥挤的世界,然后随波逐流。在这个漫长的队伍里我依旧思考了很多,关于城市,关于人类,关于生存,关于理想,关于洪荒。在我思考关于苍穹的时候,我终于排到了头,前面是一座公共厕所。我走进里面转了一圈,关于苍穹我没有更多的想法,出来之后发现今天应该是节假日,具体什么节假日我记不住,我觉得以日子来作为标记并不是很合理,因为时间是虚无的,是我们想象出来的一个概念。这个时候我看看时间,已经不早了,我在思考"时间是虚无"之中,充实地度过了这一天的晚上。

红茶是我们中华民族优秀的传统文化之一,我二舅以前这么说的时候我纠正他斯里兰卡也有红茶,他充满酒气把杯子一摔说,信不信一脚踹飞这个什么卡?

10

十月十日那天,为什么贝塔星已经在大气层上方而你还在看《哆啦A梦》且浑然不知?

凌晨的时候,我看到一个视频,说是十多年前发现的一颗小行星,估计在几个月后会撞击地球。我环顾四周,顿时感觉非常焦虑。我在外面转了一上午,依旧没有办法摆脱这个焦虑。我看着所有人都如此平静,仿佛自己是先知,隐隐有一种灾难来之前的痛苦。我甚至觉得自己站在上帝视角,得知了全世界的人无法得知的真相。直到吃下两个肉包，喝下一碗紫菜汤，想起制作那个视频的人，才缓解了那种焦虑和痛苦。

当我重新走在中山路上数着那些大樟树的时候，感觉自己恢复了平静与理性。于是我有条理地计划着，把中山路上的那几棵大樟树给偷偷砍了，做一个木筏，顺着江到入海口，这样我就可以横渡太平洋了。这是我多年以来的梦想，因为怕偷砍大樟树被判刑，所以我一直没有对任何人说起。

当我极其理性地数着大樟树的时候，自然又随着大樟树走进了滨江公园。这条江绵延三十多公里至入海口，自然就有三十多公里的滨江公园，每一段时间每一段空间都有不同的故事。譬如此处，立着一块碑牌，上面记载着这样一件事：一四八八年，一只朝鲜船只在海上遇险后漂流至此，后来一名船员写下了这段传奇之旅，名字叫《漂海录》。

在我陷入历史深思之时，碑牌前出现一个大妈，突然掏出一张相片说，你什么条件？我一脸茫然。她开始掏口袋，我以为是倒卖二手手机的，结果掏出一张相片说，这个姑娘怎么样？交流了一分钟，我绕到碑牌的后面，上面挂着琳琅满目的个人信息，才发现这里是一个公园相亲角。大妈说，晚上六点的活动,看你这么早过来了,还在这里看了这么久,也不到后面来看看,前面你在看个啥啊?

我平静地走着,但却也有一些不平静的事情。我在路旁看到竖着"禁止进入"的牌子,突然有股莫名的冲动。我很早就思考过一个问题,人类以建造城市的方式群居在一起是否合理呢?我一度觉得不合理,一度想要出逃,于是看到但凡禁止的地方,一定是一个出口。这一次,我看到"禁止进入"的路牌,一股冲动让我长驱直入,寻找那些"被禁止"或者"出口"的意义。在工地内,当泥浆没过我的膝盖之时,我才明白一个道理,没事干的时候还是应该思考一下横渡太平洋计划,这个想法的优点在于安全。

我就这样晃荡到修车铺,老王终于修好了我的车。我开着这辆很破但功能齐全的车到了最远的海边,从地图上看是太平洋西岸。我停在那里,一直在听肯特乐队一些小众音乐,时不时有些收音机的消息:美联储准备降息了。我以前从不关心这些,但因为半个月前花了五千块买了股票,美联储降息似乎和我也有了关系,但是我并没有听懂。在车内,突然决定还是要去爬非洲的乞力马扎罗山,这是小学常识课上老师讲到的一个地方,但是前段时间在网上看到山顶的积雪快融化完了。

我注视着前方，这依旧是个无人问津的野沙滩。一百多年前，殖民者就在对面的小岛上觊觎着我们这块沿海陆地。此刻，我好像也在从大陆觊觎着什么，也可能只是空洞着看着。海面有飞机低空掠过，那些都是飞越太平洋的航班。他们飞过子午线去东海岸。我思考我在这里的意义是什么。也许当全世界的冰川融化，我可能是第一个发现海平面上升的人，可这也没有什么太大的意义。小众乐队的音乐还在继续，只是乐队已经解散了。

我在这个野沙滩留下了无数的脚印和轮胎印，但是海浪一冲刷都没了。此时，我发现手机快没电了，可是喜欢的音乐还没有听腻。沙滩正在被海水淹没，连同沙滩上我画的那个庸俗蹩脚的爱心都没有了。我躺在车里，听潮汐的声音，海水迅速上涨，就像姑娘们的大姨妈汹涌而至。海平面上悬着月亮的时候，我想，以后我们都会成为海洋动物吧。

11

我的故事讲完了,贝塔星人揉了揉惺忪的睡眼,看了看空白的笔记本,环顾四周,又看看窗外的蓝天白云。他略微思考了一番,对旁边的人说,行,把他带走吧。我说,怎么了,我都如实交代了,也没做错任何事情。贝塔星人说,带走你,不是因为你对或者错。我说,那因为什么带走我?他说,因为随机带走你。我说,那为什么让我详细交代这几天?他说,这是程序。我说,把我带走干什么?他说,这是工作。我说,去哪里?他说,还没想好。我说,那我能活下来吗?他看了我一眼说,你们分死活,我们不这么分。

我和他们走出门外,阳光强烈,满目苍白。

青年旅馆

1

燥热的午后,我躺在油腻的修车铺里。那一年,我和冠明哥二十几岁,没有什么钱,但整天在谈论阿斯顿·马丁前后悬挂的稳定性,GT-R百公里的加速是2.6秒还是2.4秒。为了0.2秒的区别我们能谈论一下午。谈完之后,我时常会想,如果我们有一辆轮子会动,方向盘会动,不会散架的汽车就好了。

这个愿望很快就实现了。

那天夜里,我打着手电筒问冠明哥,好了没?

冠明哥没有回答,汽车"轰"的一声就发动了,仪表盘一片光亮,令人兴奋。

冠明哥掸掸衣服说，牛逼吗？

我看着发动的汽车说，牛逼。然后我拿着手机说，我看看导航，现在就选一个地方。

冠明哥说，哪里都可以。

我就选了一个离我们最远的地方。活了二十多年，可能一切就要改变了。

2

天气不算很好。

冠明哥开着车在通往班公湖的路上，我坐在副驾听着Augustana的音乐。此时，我们在宁波的长春路，班公湖在西藏的阿里，大概离我们还有五千公里。这还有另外一个很酷的说法叫，穿越中国。

我们花了八百块，修了这辆九十年代产的二手丰田车。我们堵在长春路拥挤的晚高峰里，Augustana正在唱他们的代表作Boston。歌词大意是，厌倦了加州生活，要穿越美国去波士顿。这很符合我们当下的情况。虽然我知道，根本没人知道Augustana这支乐队。以前没人知道，以后也不会有人知道，他们已经解散了。

Augustana是一支偏向于九十年代成人风格的乐队。

我对冠明哥说，我们的丰田车也是九十年代的，时光倒回的感觉非常酷。

冠明哥说，九十年代产的这款丰田车没有发动机防盗系统，所以可以轻松得手。

上个世纪生产的汽车，很多都没有发动机防盗系统，所以你只要找到点火开关下面的两条线，一搭上，车就能启动了。

我们之前已经观察了好几个月，这车一直停在冠明哥上班的修车铺附近。

冠明哥说，我看了一下，这车有一年半没动了。

我说，看哪里能看出来？

冠明哥说，看方向盘上的灰。

此时，夕阳在我们的右边。冠明哥开着车窗，吞吐着一支万宝路。我用一只老款诺基亚手机给小麦发着信息。万宝路和诺基亚也都是九十年代的产物，这种感觉确实挺酷，但我没有说出来，因为造成这么酷的最重要的原因可能是没钱。

我给小麦发了一条信息，我要去穿越中国了，真正地在路上。

这时候车子抖动了一下，冠明哥熟练地换了一个挡位。

小麦没有回我，我继续发了一条，从中国的最东边，到最西边，去西藏的边境公路。

这时候车子剧烈抖动然后就熄火了。

冠明哥叼着烟说，没事，我掉个头，去换个火花塞。

我又拿着那款黑白机给小麦发了一条，永远年轻，永远热泪盈眶，听说过吗？

冠明哥在拥挤的长春路掉头到一半说，靠，好像没问题了，然后犹豫着把方向打回来，结果车子又熄火了。

我们的这台二手丰田汽车就这么斜在了晚高峰的长春路上。两边喇叭声此起彼伏，四面八方千言万语汇成一句话，靠你妈会不会开车啊。

冠明哥掐灭万宝路说，谁滴滴我揍谁。然后赶紧摇上车窗说，我打电话让老王过来拖车。

两边的车就像蚂蚁一样慢慢在我们身边挪动着，熙熙攘攘，嘈杂不堪。

Augustana还在单曲循环着那首*Boston*。循环到第十遍的时候，冠明哥打电话给老王说，王哥你也太慢了吧。

老王在电话那边说，妈的我被堵在长春路了，比蚂蚁还慢啊，他妈的……

冠明哥没等老王说完，就掐断了电话。此时，太阳从我们的右边完全消失。

当我们第二天把车修好，再次把车开上拥堵的长春路时，冠明哥接到了修车铺老板的电话，让他赶紧回来，急事。

冠明哥说，什么事啊？

老板说，麻将三缺一。

冠明哥咬着烟对我说，算了吧。

我说，是的，麻将回来也可以打。

冠明哥说，我意思先回去打麻将。

我说，也行。

我们的每次决定就是这样。

这台九十年代的二手丰田车，是我人生中的第一辆车，但也许只是半辆，也许只是一个轮胎，也许就一个反光镜。

譬如，为了防止这车被偷，冠明哥装了廉价的警报器，有天晚上车停在小区里，警报器声音大作，第二天一群大叔大妈激动地围着冠明哥，冠明哥随手指指我说，车是他的。

有时候冠明哥也和我说,这车就算我们不开了,卖掉也值一万块,如果里程修改一下,可以卖到两万块,到时候每人一万。

有时候,我没事开着车去转悠很久,冠明哥就说,这车是我搞来的,你就帮我打了一个手电筒啊。

3

除了那辆车,我还有一个叫小麦的女朋友。有人说她长得像徐若瑄,有人说长得像汤唯,还有人说长得像邓丽君,我也不知道这三个人有什么共同点。我从来不关心女朋友长得像谁,只要长得漂亮就行。

现在小麦回我信息的频率越来越低,速度越来越慢。以前发她信息就像自动回复,发过去就马上回过来,后来我早上问她起床了吗?她中午的时候回我刚吃好中饭。再后来我晚上问她睡了吗?她第二天晚上回我现在有点困了。除此之外,将"嗯""哦"这两个字用法发挥到了极致,回复内容基本以这两个字为主。

现在已经一星期过去了,她都没有回复我,所以我只能开着这辆二手丰田去找她。早上七点我把车停在了她上班的楼下。我在车里抽掉了一包烟,往外弹烟灰的时候,有一半的烟灰飘回了车里,纷纷扬扬,恍恍惚惚。这期间还被交警赶跑了三次。交警准备抄罚单的时候,我说我马上走,然后兜了一圈又马上回来了,而交警还在那里贴罚单。

中午的时候太阳特别猛,中控台都快被烤焦了。我都不知道空调怎么开,就算知道怎么开也不舍得用。于是买了一份盒饭,蹲在树荫下,看着打开车窗的汽车。其实看着也白看,又没有什么东西可以被偷,再说了这车都是偷来的。

想到这里的时候,我的盒饭已经吃掉了一半。旁边保洁大爷一直拿着扫把看着我。我想,我混得又不比他好,这样看得我饭都吃不下了。我问了一句,大爷,你饿吗?大爷扫把一挥说,快点吃完,饭盒给我,省得乱扔。

就这样到了下午五点半,太阳不再那么猛烈的时候,我终于坐回了车里。

虽然小麦没有一次正经地承认过她是我的女朋友,但是我们所有不正经的事都干过,我想这应该算是正经女朋友了吧,况且妆前妆后我都能认出她,这说明我对小麦的了解已经比较深入了。但是整整一天我依旧没有看到小麦。

于是我穿过高峰期路段，把车停在小麦家楼下等她。那条小路堵得喇叭声连绵起伏。一个大叔电动车左把手挂着一只烤鸡，艰难穿到我身边，犹豫了一下，"唰"地过去，我的反光镜被撞得往前一翻。烤鸡的香味冲入我的鼻腔。我立即伸出头喊了声，喂！大叔一个急刹，叼着烟回头说，想怎样？我犹豫了三秒说，烤鸡哪里买的？大叔吐掉烟屁股，左突右闪开走了。

我还被三轮车大妈拍了拍车屁股。我说，怎么了？她一脸和蔼地说，小伙子你让让。我看她态度这么好，也不知道说什么。一般来说，态度比我好的都不好意思不让，态度比我差的也不敢不让，所以我就开到了斜对面。然后三轮车大妈就把三轮车一停，拿出一只喇叭不停播放，西瓜，正宗洞桥西瓜五毛一斤。

大妈喇叭自动循环了两遍，一个中年大叔就敲敲我的车门说，门口不能停车。我看了看说，门在哪？他指了指他店面的方向，我发现起码有二十多米远。我说，这么远也叫门口？大叔说，正对着我们门，财路被你堵死了。于是我又开到了斜对面，一停下，一个穿着老头汗衫的人伸出一只手说，五块。我说,我人在这里,马上就走了。那人说,不管你走不走,五块。

于是我下车说,你等等,我买个西瓜就走。

那个人就穷追不舍跟着我到三轮大妈面前,非得要我掏出五块钱,不然连西瓜也不让我买。于是大妈就和他杠上了。汗衫老头摆出了打太极的架势,三轮大妈亮出了一把西瓜刀。周围迅速聚集起了一帮人。水泄不通,好戏上演,我就逃走了。

我听着收音机,把车开到小区里面绕了两圈。因为没有停车位,就把车冲上了草坪。跑到楼上猛敲了一阵门,没有反应。我又踹了一脚,结果对门开了,伸出一个男人的脑袋说,你再敲我报警了。我转身想对着他问一句,你好,请问一下,最近有没有看到过对门的姑娘?结果没等我开口,他就"啪"地将门关上,然后大喊一声,你要是敢敲我门,我现在就报警。

我边下楼边想,怎么动不动就报警。我将车开出小区大门,看到一辆警车呼啸而来,停在了路边。我心想,靠,这么快。警车门刚打开,汗衫老头拉着自己更破的汗衫说,警察同志你看看我。大妈捧着稀巴烂的西瓜说,警察同志你先看看我。

我一脚油门就朝江滨公园开去。以前我和小麦能在江滨公园来回走个七八趟。我不好意思说累，她也不好意思说累。实在没办法我只好假装脚扭了一下，然后坐到石凳上。这个时候小麦就特别担心，她特别担心的时候我就感觉心里特别温暖，虽然除了特别担心，小麦什么也没做。

我在江滨公园停了半个小时。下车步行绕过了大卫像。这个大卫像是意大利佛罗伦萨和我们这个城市结成友好城市，一比一复制送给我们的。大卫天天光着身体面对潮起潮落的江水。我和小麦刚认识的那会儿，我总是一本正经地说，来，我们去看大卫像。后来时间久了我依旧一本正经地说，来，我们去看大鸡鸡。这说明我们的关系发生了质的变化。再后来我还是一本正经地说，来，我们去看大鸡鸡啦。小麦就一本正经地说，你能不能稍微文雅点？这说明我们的关系还在发生着质的变化。

我开着车又穿过我们这个城市最繁华的街道，那些商店、餐馆我们都去过，还有电影院门口《速度与激情8》的大幅广告非常耀眼。我和小麦认识的时候才《速度与激情4》。那时候我和小麦约定一定要把《速度与激情》系列全部看完。结果商业片永无止境地拍了下去，而我却找不到小麦了。

兜了半个城市，我还是回到了小麦上班的地方。万一她在加班呢，所以我准备上楼去找她。大楼有门禁，肥腻的保安已经半睡半醒。我想我已经来找过小麦好几次，万一他认识我呢，于是我准备让他开门。他看了我一眼说，全都下班了，楼上没人了。我说，我有急事。他说，哦，你是小王吧。虽然我姓赵，但还是一个劲点头说，对对对。保安大爷说，不对，是小陈。我还是笑笑说，对对对。保安拿着手电筒对着我说，我随便说说，你就对对对，你到底干什么的，不然我报警了。

我在楼外面待了几分钟，心想，报警也可以啊。万一不是我失恋，是小麦失踪呢。但后来想想也不行，万一警察找到小麦了，那不就意味着我失恋了吗？所以报警的确是一件可怕的事情。肥腻的保安还在贼溜溜地看着我，此刻我多么希望这楼轰然倒塌。

我又踏上那辆二手丰田车，开到一条垃圾街。山寨炸鸡店正在搞儿童套餐活动，买个套餐送个迷你小熊。我过去要了一份。等我狼吞虎咽地吃完才发现，老板竟然没有送我那只迷你小熊。

二十几岁的这一天，我为没有得到一只迷你小熊而感到气愤。我觉得自己被骗了。我走到店铺里，气愤地告诉他们没有给我迷你小熊。老板一脸不屑地说，送完了。

我一拍桌子说，你他妈骗我是不是？

老板斜了我一眼说，送完了你说怎么办？

我说，你说呢？

此时，店外走进来两位文身大汉，操着一口东北话说，大哥，咋地？

我说，没事，有什么给什么吧。

老板说，什么也没有。

我就这样走出了店门，此时老板突然从店内扔出一只迷你小狗。小狗在空中划出一道完美的弧线，正好被我接住了。

我把这只脏兮兮的迷你小狗放到汽车中控台前，它就这么呆呆地看着我。

二十几岁的这一天我觉得过得还不算太差，就是迷你小熊换成了迷你小狗我有点不爽。如果小麦在的话，一定会一脸惊喜地说，哇，真可爱啊。那时候我一定会说，特意给你买的。

这一天睡觉前做的最后一件事就是，我把这只脏兮兮的迷你小狗取名为：小麦。

4

凌晨的时候,我坐在车里听收音机的故事连载。我打算就这样听着故事慢慢睡着。此前我大概开了三百公里。我也不知道要去哪里,我只是看着油表开,开到只剩最后一格油的时候,就把车一停听收音机。其间冠明哥打过我几次电话,我都没有接。他找我也只有两件事,打麻将三缺一,车去哪里了。

两个故事听完的时候,外面那位大哥开始对着我深色的玻璃窗捋头发,弄眉毛,最后竟然抠起了鼻毛。这个时候,我就摇下了玻璃窗,他抠鼻毛的动作瞬间就停住了。两秒钟后对着我一笑说,能不能摇上来,让我再照一下。我就又摇上了车窗,刚摇上我又摇了下来,那大哥咧着嘴正要拔下一根鼻毛。我说,你还是照反光镜吧,这样还能照得清楚点。于是他就蹲着身子,歪着头对着反光镜。

半分钟后,他站起来表示,能不能载他一程,我说油没了,他说可以到附近的加油站帮我加一百块的油,他家就三公里远,我算了一下还赚六七十块,于是就发动了汽车。

大哥坐在副驾问我，这么晚，在车里干吗？

我最不喜欢回答这个问题了，我怎么会知道我在干吗。于是我就说，在车里看你抠鼻毛。

大哥笑了笑盯着后视镜说，你这个手串不错。

这个时候我才第一次注意到后视镜上挂了一个手串。毕竟，这车里没有一样东西是我的。于是我说，大哥，你猜这个东西多少钱？

大哥伸出一个手说，五千。

我吓得方向盘轻打了一下，顿时觉得自己要发财了。

我说，大哥，三千卖给你要不要？

大哥说，可以，帮我留着，到时候给你钱。

一路上大哥还和我谈了许多天文地理人生哲理以及个人情感故事。我也掏心掏肺地讲了我和小麦的故事。大哥拍了拍我的肩膀，颇有同是天涯沦落人的感觉，害得我差点车子冲上绿化带。我们彼此互留了电话号码，毕竟多个朋友多条路。

下了车大哥就带我去吃最好的夜排挡，各种小炒烤串啤酒。喝多了，我们轮番去后面的小树林里撒尿。大哥最后一次撒尿去了一个小时都没有回来，我以为他去大号了，结果夜排挡都要关门了，大哥还没有回来。老板说，一共七百块，给你打个折，六百六吧，吉利。我说，老板六十六也很吉利的。老板说，你真幽默，好了，付现金吗？我说，老板，我洗碗行不行？老板说，我们都关门了，你就别开玩笑。我说，没有开玩笑，我真的给你洗碗。这个时候我不停地给大哥打电话，我心想，死骗子演技实在太好了。我刚想完，大哥就接电话了，大哥说，好了来了来了，刚喝多了，路边睡着了。大哥趔趄着走到我面前，付给老板七百，然后拍着我的肩膀说，急什么急，难道我们还不给钱？我心想，大哥真的是性情中人。

大哥还带我去他爸爸妈妈和岳父岳母的家。去的路上，他告诉我对父母长辈应该孝敬，平时没记得，过年过节一定要买点烟酒孝敬。我想起我爸妈，自从我成年以来，我没有给过我爸妈一分钱。于是我问，软壳中华多少一条，大哥说，八百块。我心想看来我孝敬爸妈的机会都没了。大哥摸出一叠现金在我面前晃了晃说，钱只有用对了地方才能叫钱，一会儿我楼下店里买点烟酒。我说，大哥我这手串三千先给你吧。大哥又晃了晃那叠钱说，买烟酒都不够呢。我说，这里有多少钱。大哥说，一万块。大哥说完就把钱放到了包里。

我心想，要是我有一万块，那我就要开车去很远的地方，各种吃喝玩乐，结果走神把前面的车子追尾了。我还没反应过来，大哥就淡定地下车和对方交涉了几分钟，然后从裤兜里摸出两百块钱就了事了。

这期间我还沉浸在一万块如何花的喜悦当中，等大哥准备上车之前，我已经将大哥包里的一万块钱挪到了自己的座位底下，我还胡乱地往他包里塞了一些乱七八糟的东西，防止包太轻产生怀疑。我承认我不是一个好人，但也没有人知道我是个坏人。

在烟酒店的时候，大哥挑选了一些烟酒说，你在这等我，我先把这些东西送到楼上岳父岳母家，一会儿下来统一结账。我眼睛盯着那辆二手丰田，底座一万块，加手串三千块，对我而言已经是巨款了。过了一会儿，大哥回来又挑选了一些烟酒说，你再等我会儿，我上去给我父母送点，一会儿回来你开车带我去我那舅舅家。

大哥第二次走的时候，我有想把一万块钱还给他的冲动，但是我找不到理由，一万块钱为什么会跑到了我的座位底下，这太不符合常理了。在我这么想的时候，大哥已经捧着烟酒消失在我的视线里。

我等了一个小时、两个小时，大哥都没有来。于是我打电话给他，从没人接听到您拨的电话不在服务区。到了晚上，老板说，赶紧付钱吧，不付钱我就报警了。于是我把座位底下的一万块给了老板，老板甩着那一叠钱说，已经给你便宜了。

我把那辆二手丰田车从烟酒店门前开走的时候，大哥打来了电话。我那只诺基亚古老的铃声响了很久，我一直没有接，最后我关掉了手机。

5

我也回家去看看我的父母。我买了两条香烟和两瓶酒，特点是全都是假烟假酒。

我发现我父亲已经不抽烟了，也不喝酒了。他买了一套茶具，红茶绿茶普洱茶说得头头是道，座位的正后方，还挂了一幅书法，裱了框，四个字，心静如水。

从我这个样子你们就可以看出来，我父亲应该是和我一样的人。我记得在我刚识字当作家那会儿，我爸还穿着牛仔裤留着长发喝着拉罐啤酒在轮船码头做票贩子，或者开着一辆摩托车叼着一支烟到处走走逛逛。还有一次我因为玩小霸王游戏机没有去上学，他破门而入把我暴揍了一顿。现在他好像不怎么动了，据说除了喝茶以外，还爱上了钓鱼。钓鱼是我最受不了的事情，因为要一动不动坐上一整天，这简直没有办法让人理解。按照我爸的性格，应该开一艘快艇，一路撒网或者电网电鱼，激情四射，暴力简单。

我说，爸，干一杯啤酒。

我爸说，喝枸杞茶，养生。

我以前早上都是自己去上学，因为我爸起得比我还晚。现在五点半他就来敲我的门，敲完我的门就出去锻炼了。最近好像在练习五禽戏，据说练习五禽戏能活到一百多岁。二十多年前，当我爸跳进河里的时候，他绝对没想过今后想要活到一百岁。

我妈那时候只是到水里去捡一块石头，摔了一跤。我爸不会游泳，但是看到我妈长得漂亮，水位也不深，于是就跳了下去。最后我爸还是受伤了，因为水位太浅了。这些都不重要了，重要的是他们成了我爸妈。

我说，爸，能不能借我点钱。

我爸来了一句古语，君子爱财取之有道。

我实在不能理解我爸的意思。于是我伸出一只手说，就五千块。

我爸说，礼不在轻重，钱不在多少。

我说，那行，一万块也可以。

我爸说，身边只有一千。

我拿了我爸的一千块就走了。我妈正在看一本励志学的书。她以前是个很漂亮的女人，你们知道漂亮女人都是不怎么看书的，关键是没有时间看书，那么多男人看着你，你也不好意思只看着书。但是我妈现在不一样了，各种成功学励志学买了一大堆。以前她做的糖醋排骨凉拌鸡肉丝葱爆大蟹我最喜欢吃了，现在不知道还会不会做。

我拿着我爸的一千块只走了一天，就又回来了。

我又伸出一只手说，爸，你再给我点钱。

我爸说，五千真的没有。

我说，五万块，这次是投资，我要开店。

我爸说，开什么店？

我说，还没有想好，有钱了我自然会想好。

我爸听到这句话，拍了拍茶具然后把我臭骂了一顿，骂到一半的时候,他看看后方的墙上,然后摸摸自己的胸口说,水如静心,水如静心。

这之后我才知道,这幅书法是上周才挂上去的。我本来想纠正一下我爸这个从左往右的念法,后来想想也就算了。

我为了从我爸那里拿点钱,陪我爸尝遍了各种茶,然后还陪着他钓了三天鱼。

我说,爸,没有五万四万也行。

我爸说,嘘,别说话,鱼跑了。

我说,还不如电网电啊。

我爸拿着鱼竿说,守得住寂寞,就守得住生活。

我想起十多年前,我爸开着摩托车带我去兜风,我们连头盔都没有戴,风呼呼打在脸上,头发吹得跟超级赛亚人一样。我们还一起玩小霸王的游戏一整天,然后我忘记了上学时间,我爸把我暴揍一顿之后,自己继续玩,并且从此立下规矩,你要是《魂斗罗》三条命能通全关的话,那就可以忘记去上学。就是在我爸这种英明的教育下,我早早地就用三条命把《魂斗罗》通关了。

我最后一次陪我爸钓鱼的时候,因为实在太无聊,打瞌睡差点掉进了河里。我第一次觉得,像我这样的人钓鱼还是一项危险的活动，我爸和我是一样的人，我觉得他这样钓鱼迟早也有一天会打瞌睡而掉进河里，但他说永远不会。

6

南方梅雨季节开始的时候，我依旧坐在这辆破旧的二手丰田车里，昏黄的路灯从挡风玻璃照进来，通风口涌进潮湿的空气。公交末班车已过，地铁站关闭，火车停了，航班没有了，出租车回家了，私家车在睡觉，一切都停止了。我和我的收音机还醒着。收音机里放着帕格尼尼的音乐和普希金的诗歌，午夜有时候就是这么没有意义。帕格尼尼和普希金不会想到，一百多年后他们两个会被放在一起，且在中国的沿海南方小城里有个年轻人对他们作品的感受是，无聊和烂俗。

这种无聊和烂俗大概从八十年代或者九十年代开始，具体的时间，也许是从我爸拿着大哥大别着BP机去一个咖啡厅喝了一杯不加糖的黑咖啡开始，也有可能是从我舅舅拿着诺基亚涂着啫喱膏去一个西餐厅点了七分熟的黑椒牛排开始。

我将笔记本搁在方向盘上写道：我昨天在梦里打了修车铺的老板一拳，在他的鼻血流下来之前我就跑了，现在整个世界都是潮湿的，就像东南亚的雨季一样。

我还想再写点什么，或者说再对丁麦哥哥说些什么。

我掏出手机看了看历史信息。这部破手机我用了六七年了，丁麦哥哥几年前发我的信息我都还留着。我那时候没有回他信息，是觉得丁麦哥哥是个二流子，他吃喝嫖赌什么都干，后来他就去了广东，后来据说又去了东南亚，靠旁门左道赚了一点钱。现在我也已经成了一个二流子了，周围又没有二流子，所以我给丁麦哥哥发了一条信息。但是丁麦哥哥一直没有给我回信息，我就怀疑自己是不是连个二流子都做不成了。

我有必要介绍一下我自己，在二十岁以前我是个作家，差不多刚开始认识几个字，我就成了一名作家，这直接导致我二十岁以后不知道还能去干什么。

我染上写作这个毛病已经十多年了。一九九七年的夏天，我十岁，身体还没开始发育，英国结束了对香港的殖民统治。我在学校机房里用一台486电脑吃力地打出一行字：香港回归，丁麦哥哥何时归。

我将这句话抄到笔记本上。我的写作就是从这个时候开始。那时候大家都不会打字，我因为这行字，受到计算机老师的表扬，他把我的人P到了埃及金字塔上面，并且打印出来作为礼物送给我说，这世界上从来没有人登顶过金字塔，但你上去了。

二〇〇〇年还没到来的时候我到处炫耀这张照片，而二〇〇〇年后的某一天我突然扔掉了这张照片，这拙劣的技术让我觉得自己是个傻×。除了时间节点，我也不知道具体发生了什么事情，总之一切都莫名其妙地来得很快，很突然。老师告诉我们，有人活了八九十岁才经历了一个世纪，而我们活了十几岁就跨越了两个世纪，我们是幸运的。这么多人一起幸运，那幸运也没什么多大的意义。

天亮的时候，我发动汽车，准备开到更加南方的地方去。如果想成为丁麦哥哥那样的人，那也要走和他一样的路。我给汽车加了油，还买了一点肯德基，在吃肯德基的时候我发现服务员忘记给我番茄酱了，但我并没有很生气，我觉得自己还有很重要的事情要做，等吃完肯德基我就发现，番茄酱掉落在位置左边，于是为了避免浪费，我单独把两包番茄酱给吃了。

我为了避免高速费就打算走国道，结果还没出城就把一只狗给撞了。我舒了一口气，幸亏撞的不是旁边的中年妇女。我刚舒完气，旁边的那个中年妇女就猛敲我车窗说，还我家一休的命，还我家一休的命，然后抱着小狗鬼哭狼嚎，周围行人纷纷驻足，场面堪比一场特大车祸。我心想，要是我撞了中年妇女，小狗反应倒不会这么夸张。最后中年妇女和我大谈狗族血统智商排名，结果我赔了两千块钱。迫于无奈我只能把原先挂在后视镜上的手串去卖掉。我在古玩店对着一个胡子长得像马克思一样的人说，三千块吧，最低不能低于两千五。虽然这么说，但我心想两千块也卖了。那个马克思看了几眼说，三十五块吧，不能再高了。

这时候，我连续给丁麦哥哥打了好几个电话，都无法打通，于是我又给他发了数条信息，就像当初他给我发许多信息我没有回复他一样。

我就继续开着那辆九十年代的二手丰田车。梅雨季节的天气说雨就是雨。我摸索了半天才搞清楚雨刮在哪，调不回近光灯被对面的车子狂闪，汽车除雾全靠抹布擦。我突然发现我对这辆车的许多功能都不是特别熟悉。

7

我把车原模原样停好之后,这车就像从来没有动过一样。我又走到了修车铺。冠明哥和老板正躺在大吊扇下睡觉,我也在大吊扇下躺了下来。在被一阵喇叭声叫醒之后,老板看看我,挥挥手,示意我先过去看一下。此时冠明哥也过来,拍了拍我的肩膀说,车呢?

我说,停在原来的地方。

冠明哥说了一句,妈的,我找了好久了。

我在修车铺待到了晚上关门的时候,冠明哥都没有回来过。

热带刺客

1

这个夏天,我有时候活在圣洛都时间里,有时候活在北京时间里。

那些白领、蓝领、小老板、小领导、爸爸、儿子、孙子和混子,在圣洛都时间里,都是悍匪、大盗、阴谋家、诡计家、英雄、天才、富豪和上帝,大家或单打独斗杀人越货,或拉帮结派拯救世界,干着北京时间无法实现的事,而我在圣洛都里严重违背游戏精神,经常干一些毫无因果逻辑的事情,比如破坏搅黄那些飞天入地的计划,或者就在顶楼看看日出日落。我在里面的唯一要求是尽量活得长久些,因为复活需要二十四小时。于是我这样的人就被称为圣洛都里无聊无知无耻的玩家,简称圣洛都"三无"人员。

2

这一天,我偷了一架直升机。

我从圣洛都东部海湾飞到北部海湾,俯瞰了一上午,就像海岸警卫队,什么事情也没干。中午的时候,我暴力降落在杰克大道,损坏了建筑物,直升机冒黑烟。我把几个试图揍我的热心市民打了一顿,随手抢了一辆猎豹复古跑车,决定再去偷一架飞机。此刻,窗外的高架上车水马龙。所有人都在北京时间八九点钟的太阳里开始了一天的生活。在他们忙忙碌碌而碌碌无为的时候,我又偷了一架飞机,这时候的圣洛都已经是傍晚。我从北部湾起飞,直升机继续冒着黑烟,我才发现偷的是一架老飞机。我迎着巨大的落日俯瞰圣洛都,听着野牛乐队的歌曲,南方乡巴佬的唱法,温暖粗犷,虚幻迷离。这时候,后座突然出现一个人,爬到前面。我说,你谁?他说,给大富豪修飞机的,上来后临时上了个厕所,回来就被你飞到这里来了,赶紧换我来开。我说,这是要坠机了吗?他开着飞机说,不要坠到大富豪的家里去,都是用美金买来的。我往下看了一眼说,这坠到他家的概率也太小了吧。他把持着飞机说,你现在看到的都是他家。我说,美金玩家,真有钱啊。他说,五金厂打工的,工资全投圣洛都里了,成了这里的富豪,我就靠给他修飞机汽车游艇赚美金。我说,那还能飞多久?他说,已经没有升力了。我说,我不是美金玩家,就随便玩玩,没想到你在这里。他拿起对讲机呼叫,好了,进入射程范围了。他看着前方说,只有被打成碎片,才不会撞击大富豪家。我说,我们的命难道比不上富豪的房子吗?他说,你不知道圣洛都美金永远比命值钱吗?我说,太对不起了,你要和我一起死了。他说,别这么说,有弹射座椅。我说,那还好,按哪里弹射?他说,副驾没有,只有主驾有。说完他就窜出去了。随后几枚火箭弹飞了上来,我妈大喊,快点,来不及了,再不去小外公说不定就没了。我淡定地看着屏幕,"轰"地一声,一片火光,强制关机。

那个我毫无印象的小外公躺在床上,随时会死,我妈和他老婆聊了小外公年轻时候的事迹,青年参军,英勇杀敌,以一敌十，气魄惊人，昨晚给他擦脸时，还迷迷糊糊地喊杀啊杀啊。她们聊得正酣之时，我妈示意我说几句以表礼貌。我说，这应该是在说，啥啊啥啊。后来我就没插上一句话。在我插不上话的时候我们也没走成，热情的小外婆硬留我们到午饭后。小外公这时候就突然被送到了抢救室，我和我妈又在走廊待了一下午。小外婆安慰道，别担心，已经三进三出抢救室了。傍晚的时候小外公就在炎热的天气里走了。我说，我们终于可以走了。我妈告诉我哭不出来没事但不要开口。我参加了陌生的小外公的葬礼。这期间，我给小悦发了信息，只要你愿意嫁给我，我就去买海景房。我也不相信，她也没有回我。我就这样在人与人之间莫名其妙的仪式当中度过了与我无关的大半天。

炎热的晚上，我照例泡在北京时间破旧的泳池里，和那个沉默寡言的管理员老头谈谈十多年前发现的一颗小行星，估计在几个月后会撞击地球。南极又发现了六亿年前的极小人类化石，推翻了达尔文的进化论。太阳已经进入了中老年，一百亿年后它也要死掉了。老头拿着拖把一边认真拖地，一边说，是啊是啊，快完了。

3

这一天，我跟踪了一条狗。

因步行太慢，我抢劫了一辆哈瓦那摩托车。哈瓦那车主试图反抗，我一脚油门让他躺在了地上。他就在那边很文明地骂我，做人要讲良心，不能像动物一样，圣洛都也是一个讲法理的地方，哪怕你是一头牛。我骂得比他凶，简单粗暴，结果一个字也显示不出来，他骂我是牛，是因为猪狗也显示不出来。我就骑着这辆哈瓦那摩托车跟着那条飞奔的狗。哈瓦那摩托车自带低音炮，听着节奏明快的音乐，一路无视所有交通规则，一直跟它到北京时间的中午，圣洛都时间的傍晚。那条狗来到了一个偏僻的河堤旁。一群一眼就能看出的悍匪聚在一起。悍匪说，为什么一直跟着我的自动摩托车？我说，我以为这是一条狗。对方说，你才是一条狗。我忙道歉，不好意思，那我先走了。他们拿枪对着我说，按照规矩，看到蒙面帮的脸，就不能活着回去了。我说，我是瞎子，现实中就是一个瞎子。对方说，你以为我们也是瞎子？我说，但我是个好人。对方说，但我们是坏人。我说，我现在马上可以变成坏人加入你们。对方说，卡宾枪还是AK47你选一把吧。我想这入帮派真快，于是说，AK47吧。对方说，好。然后就把卡宾枪给了我。我很纳闷，这算什么规矩。对方说，你走吧，需要的时候我叫你。我忙道谢，转身离去，走了一百米，对方喊住我，好，就站那别动，我看看AK47能不能爆头。说完唰唰唰子弹就飞过来了。

他们朝着我继续补枪的时候，我手机响了。我三舅问我快到了没，刚关电脑的我说快到了。闷热的中午，我去了三舅给我介绍的一个工作单位面试。我妈托了三舅，三舅很为难地又托了很多狐朋狗友，最后介绍我在一个食品配送公司做理货员。我自己照着电线杆上的电话就能搞定的事情，却用了这么曲折离奇的方式。对面的人一本正经地问了我很多令我茫然的问题，譬如自我介绍，职业规划，对实体零售的看法，是否能接受三班倒。我给他递了一支烟，卡在了自我介绍上。我本来想把我三舅介绍一番，想了想他那模糊的脸庞还是走了。

我继续躺在游泳馆的躺椅上降暑，思考到底什么样的谎言小悦才会相信，想来想去也想不出什么。周围陈旧昏暗，水面平静，皮肤平滑，只有那道阑尾炎手术留下的刀疤格外显眼。管理员老头扫地扫到了我身边。我舒了一口气,摸着那条疤痕说,前几年我们这里有个狠人,沉默寡言,六亲不认,作风狠毒,杀人越货什么都干,绝招一字断魂刀,被他盯上,九死一生,一天晚上,我和他交手,被他的一字断魂刀给砍了,不过我也砍了他一刀,他逃了,我也没追,至今不知道去哪里了。我想了想为了增加真实性又说,这个狠人名叫三无,认识不?

管理员老头点点头说,认识啊。

4

这一天,我迷路了。

走过数条繁华的城市大道,穿过一个大公园,踏过一片美丽的海滩,在游乐场里晃了一圈,又爬上了一个小山峰,感慨着圣洛都真是一个自由又美丽的城市,至此,已经完全忘记本来要去什么地方了。突然,周围警笛大作,直升机在头顶盘旋。屏幕里传来机械的警告,立刻投降,立刻投降。我不知道我做了什么,招来了这么多的圣洛都警察。我呆呆地等着警察进一步行动，他们依然发出警告，立刻投降，立刻投降。我忙说，我一直投降着，你们可以开始了。他们告诉我，双手抱头，双膝跪地才叫投降。我说，这我不会操作啊。警察说，按Shift键加F键，不然我们视你为拒捕。我说，Shift键坏了，按不了啊。警察说，那只能视你为拒捕了，打腿！然后我被打得跪下带到了警局。警察说我私闯他人领地，需要关押半个月。我说，我去的都是公共场所啊。警察说，那是看起来像公共场所的私人领地。我说，道路游乐场大海沙滩山峰就没有不是他们的吗？警察说，没有。我说，我看到很多人，为什么不抓他们就只抓我？警察说，因为我们抓不到他们。我说，你们抓我的时候，在我旁边就有好几个围观的，怎么不一起抓了？警察说，因为他们买通了我们。我说，黑得这么直接吗？警察说，你玩圣洛都是不是从来没充过钱？我说，开发圣洛都的初衷就是创造一座自由的城市，想干什么就干什么，每个人都是自由的，有没有游戏精神？警察说，在圣洛都你的确想干什么就可以干什么，但你不要让我们抓住，或者搞定我们，这才是游戏精神。我说，那关吧，就封半个月的账号吧。警察说，充二百块，就可以放了。我说，我不会为了游戏充钱的，封账号吧。警察说，二十块也行，你到时候跑出去，我追你，追不到你，你跳楼自杀，这样明天就可以复活了。我想了想充了二十块，跑到警察指定的楼顶，他在楼下看着我，我突然转身就跑，心想，这也是靠能力跑的吧，然后发现所有楼道口全被堵死了。楼下的警察告诉我，不想跳也可以，你可以一直呆在上面。我说，呆着就呆着，我就一直看日出夕阳。这时候我妈说，北京大学啊，北京大学啊，快点，小侄子一家都在等我们，家族的光荣啊。于是我纵身一跃，圣洛都的景色在我眼前如大雪纷纷落下。

大雨滂沱的傍晚，我参加了小侄子的升学宴，几十桌人都在庆祝他考上了大部分人都没听说过的北京的大学，大家高谈阔论，觥筹交错，假装熟悉。我拿着可乐，在一堆不认识的亲戚朋友当中，晃来晃去，嗯嗯啊啊。有一个略微面熟，看起来有着初中文化水平的中年人对我说，一看我就是一个青年才俊，以后小侄子要向我学习。客套话我听了不少，这种客套话我还是听得少，一时间不知道怎么回，只好低头把邻桌不要吃的海参汤和大闸蟹给吃了。听了大半辈子客套话的我妈则从容说着，哪里哪里，都是靠他自己。我想但凡靠点别人也不至于现在这样。看起来具有初中文化水平的中年男子高瞻远瞩地举起酒杯说，我猜你啊，培养培养，两斤白的没问题。

我给小悦发信息说，你和你爸妈说，海景房我马上买，上午领证，下午买房，当天一条龙交易。反正小悦也不会回我。

晚上躺在游泳馆的躺椅上，醒来的时候，一个人都没有了。管理员老头给我拿来一条毛巾，我说，三无这个人，目前看来没有对手，没有人能够打败他，刀法精准狠毒，行踪神出鬼没，可能说着说着他现在就在背后站着了，没等你回头，已经挨了一刀了，上次我反应极快，所以只挨了半刀，另外半刀被我挡住了，我可能是唯一和他交过手，相互留下刀疤的人，他那绝招叫什么，专业名字我忘了，反正一刀毙命。

老头说，一字断魂刀。

5

这一天，我捡到了一把加特林。

我思考了很久该怎么使用它。杀人越货拯救世界都与我无关，最终决定，去圣洛都中心广场，用加特林扫射出一个爱心，里面再扫射出我和小悦的名字，然后拍照发给小悦，这是我能想到的除海景房之外最好的礼物。我走到中心广场，观察了很久，最佳扫射点就是那尊雕像顶部。于是我扛着加特林爬到了那尊雕像上。我骑在雕像的脖子上，拿出加特林。突然周围涌现出很多人。满屏的字幕：亵渎伟大的圣主，永久枪毙，永久封号！我扛着加特林，贴着圣主的大脸说，别误会，我在给圣主打扫卫生。带头的喊，你骑到圣主脖子上了知道吗？我说，那我换个姿势啊。于是我立即踩在了雕像的肩膀上。带头的说，你不知道攀爬圣主是死罪吗？我说，站在巨人的肩膀上看得更远，爱因斯坦知道不？带头的说，我们不爱因斯坦，我们只爱圣主。我突然想不出什么话。我说，报警吧，让警察来处理啊。带头的说，警察不管这些，现在我们准备射杀你，黄金子弹射杀，你就要被永久杀死，永久封号。他们叮叮叮朝我开了好几枪，我挂在上面以圣主的大脸为掩体左躲右闪，圣主的脸被打了几个洞后我终于被击中。我双手扣住圣主的脖子，双腿悬空，努力挣扎。这时候我妈急匆匆拿着勺子过来说，人家小琴不要房不要车，长得文静秀气，工作稳定，别让人家等，早点去等人家啊。我死死摁着键盘，晃荡了三秒，最后雕像崩裂，圣主的头和我一起掉了下去。

　　我在一家咖啡吧里和小琴见了面。她问我喜欢什么，我看她长得还行，就说喜欢西方现代哲学史。于是她就从维特根斯坦的分析哲学开始给我讲起。我对西方现代哲学史的理解停留在只认识"西方现代哲学史"这七个字上。在她讲到索绪尔的结构主义运动的时候，我说，我还喜欢美食譬如鸡腿饭。她表示我兴趣广泛，问我是做什么的，我想了想不能说无业，就说是创业，她问我的收入，我说还在回本阶段。

我重新注册圣洛都账号之后，又回到泳池那张慵懒的躺椅上。我在犹豫应该选择小悦还是选择小琴，虽然两个人都不理我，但是这不妨碍我陷入沉思。我给管理员老头发了好几支烟，他见我一副忧心忡忡的样子，点起烟主动开口，这样的功夫，我电视里都很少见到，这刀法，这速度，这力度，比子弹还厉害，这一定有内功，来回这么快，肯定还有轻功，你这条伤疤，绝不是普通人随意砍的。

老头看我一脸疑惑的表情说，我说的是三无。

6

这一天，我准备去看夕阳。

作为一个刚注册的新人，我和之前一样一无所有。我准备去圣洛都最高的大洋中心银行楼顶看夕阳。我一走进大门，就被保安拦住了。我告诉他要去厕所，他说要陪我去。于是在厕所我趁其不备，用花盆将他打晕，换上了保安服。电梯里一位穿着银行制服的人和我点头示意，并且发我信息，去35楼。我没有理会他，直接坐到了顶层。突然枪声连连，爆炸声四起，我不知道发生了什么，坐在天台看下面的世界一片混乱。

夕阳快要落下的时候，那位穿着银行制服的人跑上来说，我们已经成功抢劫大洋中心银行。我一脸茫然。在对方的解释下，我发现我的保安服内置了指挥芯片，他们相互不认脸，都是根据芯片来进行调动指挥，而那个保安就是指挥官。他告诉我，下面已经被警察包围了，现在带我去安全出口。我被他带到一楼大厅，一群警察就把我包围了。银行制服对警察长官说，他就是指挥官，芯片在他衣服上，然后对我说，不好意思，我是卧底。我又被警察带到了警局，长官拿走我的芯片说，不好意思，我也是卧底，是指挥指挥官的人，祝贺抢劫成功。我脑子一片混乱地说，我可以走了吗？长官说，现在就灭口吧。我说，不是自己人吗？长官说，圣洛都只有任务，没有自己人。我说，那我明天就可以复活吧？长官说，不会死，关到私人监狱，这样你注册不了新号，一进来就在私人监狱，一直在，直到你放弃来圣洛都。我说，还有这种玩法？我心想，要做最后的反抗，去私人监狱的路上，要利用一切机会逃跑。这时候，有人拿着喇叭在楼下喊，着火啦，着火啦，快下来！长官走到门外说，这里就是私人监狱，再见。说完就把门关上了。

我打开门，楼道里还没有烟雾，也不知道哪户着火了。我想了想，回去拿了笔记本电脑，衣服裤子来不及穿了，穿着一条短裤就跑了出去。此刻，我清醒意识到火灾不能坐电梯，于是就从楼梯跑了下去。我赤裸上身抱着电脑飞奔出楼梯口，拿着喇叭的人吓了一跳，他说，你7幢的？我喘着粗气点点头。他拿着喇叭冲我喊，7幢的急什么啊，不是说了1-5幢先演习，这都通知多少遍了。然后又看了我一眼说，演得跟真的似的。

闷热的天气里，我就这样直接去了游泳馆，躺了大半天。这次换管理员老头给我递烟了，我略感无聊地点着烟说，告诉你一个秘密啊，这三无啊，虽然武功高强，来去无踪，但是呢其实已经死了，不然现在为什么没有他的消息了？你不要告诉别人，其实是我杀的，他当时没逃走，要置我于死地，我就拿出枪，一枪崩了他，记住，不要和任何人说。

老头拿着拖把看着我说，那你是杀人犯？

7

这一天，我遇上了圣洛都的灾难日。

我在想如何逃离私人监狱。突然，房子剧烈晃荡，墙体开裂，整间房子坍塌了。我看到圣洛都的人都在乱跑。天空中飘着富豪们的飞艇。很多串着人的绳索被吊进飞艇，也有人不断从绳索上被打下来。与此同时，地面枪声爆炸声四起。圣洛都的灾难日，也称为重启日。富豪们的飞艇需要不停地在灾难日救人，以救的人数来分配重启之后的土地，于是各大富豪纷纷争抢人头。想要在数量上领先，不仅要自己抢，还要阻止人们上其他富豪的飞艇。为了避免人们成为竞争的牺牲品，大家签署了严格限制富豪们用武器阻止人们上飞艇的协议，于是富豪们临时雇佣人用武器去阻止上其他飞艇的人，这就导致大家身份转换极快且混乱。现在的圣洛都有的为了躲避自然灾害，有的为了争夺飞艇舱位，有的为了阻止对方上飞艇，像我这种瞎跑的人，起初我为了躲避地震，跑到了中心广场的空地上，后来为了躲避洪水又爬上了中心广场的旗杆，接着被飞艇抛来的超级绳索围住拉到了飞艇内，里面的人发给我枪和防弹衣，让我去杀对面两只飞艇下的人。我连良心发现一下的机会都没有。他们的枪顶着我的脑门。我扛着枪飞奔到另外两艘飞艇下，枪头刚朝上，飞艇上面就密密麻麻射来子弹，我都来不及担心生死，突然又涌出一批人说，不想死就跟着我们去打对面的飞艇，我一看那是之前发我枪的飞艇，但也没时间犹豫，又随着他们到了原来的飞艇下面，枪头还没朝上，又涌出一批人说，别打了，我们联合去打东边最大的飞艇，于是我们又急忙朝东飞奔而去。队伍快速而散漫地前进之时，有人说，先把他们打了吧。有人说，他们是指谁？有人又说，别打自己人。大家纷纷说，谁是自己人？此刻，地震洪水余威不断，大家情绪茫然又激昂，不知道谁开了第一枪，于是大家相互射击。我边跑边开枪，还捡了很多平时根本看不到的武器，这是我玩圣洛都以来最紧张的时刻，鼠标和键盘都快被我按裂。我趟过水，跳过大裂缝，一路往圣洛都峰跑去。北京时间的午后，伴随着电风扇呼呼的声音，汗水顺着我杂乱的头发流到我紧绷的脸上，而我依旧边跑边漫无目的地射击。跑到圣洛都山腰的时候，电扇电灯电脑突然全部熄灭。我透过被刘海遮住的双眼，隐约看到电脑黑屏里的自己。

我就这样走出停电的房间，去剪不得不剪的头发。几个昏昏欲睡的理发师打足精神围着我，给我介绍离子烫、空气烫，中分、三七分，美版、韩版，保养、护理等等，在那些奇形怪状的发型中，给我设计了一套价值2899只收998的方案。剪发期间，我拍了几张照片给小悦看，最后付了30块钱走了。

我在昏暗的泳池里游了五十米便气喘吁吁地上岸。管理员老头叼着烟一直坐在旁边。他分了我一支烟说，来无影，去无踪，功夫高强，深不可测，这样的人竟然活在我们这个社会，难以想象。我点着烟才略微反应过来说，是啊，的确厉害。管理员皱着眉头看着泳池说，你竟然还能把他杀了。我猛吸一口说，是啊，要保密啊。管理员老头看着我说，我没和别人说，但是和我们老板说了。我夹着烟看着他说，然后呢？老头说，老板也认识三无，想见你。

8

这一天,我被全城追杀。

在灾难日,我没被救也没死。因捡来的那些武器而遭到各路人马追杀。我把武器全部扔给他们,他们依旧紧追不舍,但又不一枪毙掉我。我用各种交通工具夺路而逃,奔走了小半个圣洛都,翻墙进入一个花园,躲了一阵子,周围终于没有了动静。我喝了一口水,才发现这花园有点美丽,还有一幢大建筑。我绕着房子走了一圈,跨进了洞开的大门,室内奢侈豪华,空无一人。我楼上楼下走了好几遍,从白天走到了黑夜,全屋灯光自动亮起。北京时间晚上六点,我拿起手机拍了很多照片,发给小悦,告诉她准备买下这样的房子。我盯着屏幕里自己在圣洛都的形象,思考了很多,譬如我和小悦坐在沙发上会聊一些什么,晚上我们在哪个房间睡觉。我走到夜幕中的花园里,发现花园外聚集了一批牛鬼蛇神。他们见到我,立即扛着各种武器对着我。带头大哥挥了挥手说,都放下,又不打,装什么装。大哥隔着花园的栏杆对我说,出来吧,这样你也逃不走。我说,杀了我得了,反正明天又可以复活。大哥说，杀了你就不知道其他武器在哪里了。我说，我真的没武器了。大哥说，圣洛都混的，怎么能轻易相信人。我说，怎么样才能相信我？大哥说，圣洛都混得怎么样都不能相信人。我说，赶紧开枪吧。大哥还没反应过来，我就被后面的子弹射中了。大哥一惊扭头说，这是大富豪的家你都敢打，到时候圣洛都里不能混，圣洛都外都不能混了，撤撤撤……

当他们撤走，我也静静地躺在了花园里。我的手机铃声响起。对方是民事权利委员会，告诉我正在非法入侵私人住宅，马上过去一趟。我百思不得其解，北京时间里的我明明在自己破小的房间里。因民事权利委员会是一个很厉害的组织，我只能关机前往。

我在明亮的办公室里被告知，私闯圣洛都民宅是违法的，要得到处罚，而且他们看过我圣洛都账号的记录，说我有私闯私人领地的前科，曾在圣洛都里被处罚过。我说，圣洛都只是一款虚拟游戏而已啊。他们说，圣洛都的资产也是用美金买的，违法照样接受处罚。我说，怎么处罚？他们说，根据圣洛都法律，经过原告允许，双方协商解决，房主让你赔款一万块美金。我说，圣洛都违法犯罪事情那么多，每个人都要被处罚吗？他们说，具体事情具体对待，有些在圣洛都里处罚，有些需要在这里进行。我说，我被一伙人打死在花园里，他们不需要处罚吗？他们说，你在圣洛都不是美金玩家，那命是免费的，一文不值，杀你不构成犯罪。我说，一万美金太多了吧。他们说，没钱，只能拘留十五天了。我说，是十五天不能登录圣洛都账号吗？他们说，是你这个人要去警察局关半个月。我说，现在虚拟世界和现实世界不分了吗？他们说，你要明白世界就一个世界，不分虚拟和现实。我说，一万块美金能按揭吗？他们说，根据条例，按揭需要支付利息。他们扔给我一张纸，上面写着具体按揭多少天，利息多少。我看得昏昏欲睡，便同意了。

这一天将近北京时间晚上十二点，我一进泳池的更衣室，管理员老头拿着扫把说，来了？我说，老板呢？老头说，在泳池边。我和老头一起朝泳池走去。泳池比平时昏暗了一些，我回头发现老头正在脱衣服，我说，老板还没到？老头说，先一起游一圈。我说，你也会游泳？老头说，二十年没有游了。此时，我发现老头腹部也有一条和我类似的伤疤，我盯着他的腹部说，你也和我一样？老头说，和你不一样，我是阑尾炎开刀留下的。

我和你聊玛格丽特的地方

1

我和她就这样一起待了很久,吃了一堆烧烤,三斤小龙虾,两罐可乐。夏天的风没完没了地从身边吹过。我说喝点啤酒吧。她说,不会。我只能说,我也不会。这些事情都不太重要,重要的是我不知道我们聊了些什么。东西都快吃完了,我想应该再聊点什么吧。

我说,你喜欢什么呢?

她说,你呢?

我说,篮球。

她说,乔丹吗?

这一看就不懂篮球,不懂篮球的人一说到篮球就想到乔丹,我奶奶也这样。乔丹都是上个世纪的人物了。我告诉她,我喜欢博伊金斯,NBA的小个子,加时赛独砍十五分,戏耍奥尼尔等众球星。她喝了一口可乐。我说,不过几年前他已经退役了,我现在喜欢德扬泰·戴维斯,亚特兰大老鹰队的中锋,每场能得四分。她问,每场四分算多吗?我说,NBA的最高纪录是一场一百分,最近几年的最高纪录也有八十多分,一般主力球员能有二三十分。她微笑着一脸认真地问,那你喜欢他什么呢?一个三流球队的替补球员,我喜欢他什么?如果不喝点啤酒是很难讲的。我说,喜欢他的发型。她拿着可乐表示惊讶,嗯?我说,一个留着很多小脏辫的二米一十的黑人大个子。她继续惊讶,两米多?黑人?这样的人不多吧?显然她对篮球一窍不通。我说,在NBA联盟里,到处都是两米多的黑人肌肉男。她就更加惊讶了。

我按捺不住要了两瓶啤酒。

她说,你不是不会喝酒吗?

我说,尝试一下。

我给她倒了一杯说,你也尝试一下。说完我就把一杯喝光了。我又倒满一杯说,忘记干杯了,来。她小尝一口。我又喝完了。喝完一瓶之后,我就开始大谈整个NBA联盟。

此时，夏天的风变得有点温暖。

一九九八的夏天，我八岁，因为期末考试太差，人生第一次离家出走。走了两公里，就感觉到了一个陌生的世界，还没来得及感受人生的迷茫，我爸就骑着自行车追上来了，一把把我拎到前杠上带了回去，回去继续骂，我就继续玩我的小霸王游戏机。

此时，她又小尝了一口啤酒，也没有问我讲的这些他妈的和NBA联盟有什么关系。我就喜欢她这种小心翼翼尝一口，然后静静听我讲述的样子。夏夜的风吹动她头发的时候，我恨不得从我爷爷的故事开始讲起。

当我在我爸骂声中玩小霸王游戏机的时候，遥远的太平洋对岸有个叫奥洛沃坎迪的人成为这一年夏天的NBA状元。这家伙十七岁才接触篮球，而我十二岁就接触篮球了。就因为这件事，我就一直关注着他，直到他每场只能得到两分，最后黯然退役。值得一提的是，他被称为NBA历史上最差的状元之一。

说到这里我又要了一瓶啤酒，喝干一杯问，你知道，我后来喜欢哪个球员了吗？

她略微一思考说，博……博伊金斯？

我拿着酒杯瞪着眼睛说,这么快就记住了?

她笑笑说,你说过我都记得。

这话害得我又连喝了两杯,顺便剥了一只小龙虾给她,说,既然这样,我就告诉你猜错了,我后来喜欢的球员叫,安德烈·罗伯森。

她倾听的样子变得越来越温柔了,眼睛像夏夜的星空。我告诉她,我喜欢安德烈·罗伯森的理由是,有一次快船对阵雷霆的比赛中,他上场二十多分钟,所有数据都是零,连犯规都没有。

我直接用酒瓶喝完了剩下的啤酒,看着她像星空一样闪烁的眼睛说,这就好比一个人,在一个地方生活了一段时间,什么痕迹都没有留下,就好像没有来过一样。

她问,你喜欢这样的人吗?

我说,喜欢啊。

她问,为什么喜欢这样的人?

我说,我就是这样的人啊。

她托着下巴问,那然后呢?

然后老板就走过来一脸和蔼地说,两点了,我们要收摊了。

2

我帮老孔倒完垃圾,就拉开一罐可乐。昨晚太晚睡了,喝几口提神,然后将可乐放在桌上,滑开了手机。深陷在纸灯笼制作中的老孔猛然抬头说,快拿开,压到灯笼纸了。老孔作为我们这里著名的传统手工艺人,这辈子最重要的三件事是,吃饭,睡觉,做纸灯笼。明年元宵节的灯笼大会老孔已经在紧张地制作了,而现在是夏天。

我拿过可乐,顺便又喝了一口。老孔耷拉着老花镜说,想不想学?说实话我从来就没有找到过来这里工作的意义,来这里三个月,我完全不懂纸灯笼是怎么一回事,每天最勤快的事情就是倒垃圾。

我只是一个找不到工作的年轻人,传统手工艺之类和我完全没有关系。

在我周围是各种完成或未完成的动物形状的灯笼。十二生肖我还认识,但是有些奇形怪状的动物也不知道是什么。我也会问问老孔这到底是什么东西。每当这时,老孔总会提起兴趣,故作神秘不轻易告诉我,然后说一大堆有的没的。

这招对有些人很管用，能围着老孔听他讲半天。而我完全是无聊之时随口一问，如果他十个字内还没说出答案，我就感到烦，拿起可乐喝一口。

偶尔也有当地媒体来采访老孔，老孔也会装模作样地和对方谈纸灯笼的历史文化艺术内涵等等，能从盘古开天辟地开始谈，结束了还要请人家吃饭外加每人一盏灯笼，告别时不忘告诉人家以后有事可以联系他或者他的团队，他的团队负责人就是我，我就是每天负责给老孔倒垃圾。

老孔拿起一只刚做完不久的灯笼问我，知道这是什么动物吗？

我说，貔貅。

老孔一惊，嗯？你怎么知道？

我说，貔貅嘛，能招财、辟邪、镇宅，哦对了还有促姻缘。

老孔又拿起一只问，这是什么？

我斜看一眼说，麒麟，能干什么我现在没空和你说。

老孔继续一惊，拿着纸灯笼仔细打量着我。而我正用手机的直播软件，看金州勇士和波特兰开拓者的西部决赛。我摆摆手，让老孔别打扰我看比赛。

我们每天的生活日常就是，看比赛，看电影，听音乐，刷各种有趣的事情,而老孔就在那边猛扎纸灯笼。我对于扎纸灯笼的唯一理解就是,这门手艺能产生特别多的垃圾,所以我基本每天要倒五六次垃圾。

老孔又拿着一盏灯笼在我面前晃,让我差点错过库里的个人表演。

我看了一眼说,精卫。

老孔得意地笑笑说,错了,这次猜错了。

我说,错了就错了吧。

老孔说,这是我。

我盯了纸灯笼两秒又盯了老孔两秒说,你?

老孔说,对的,什么都能,像不像?

老孔把这盏灯笼放到自己的脸边说,你觉得呢?

这时候屏幕里传来解说员激动的声音,哇哦,又是库里。

3

我说,那我叫你什么呢?她说,你想叫什么就叫什么。我说,傻×,可以吗?她说,可以。她今天穿的什么我形容不出来。总之夏天是一个姑娘最好看的时候，我说，你住在附近吗？

她问，你呢？我说不远。我说，你喜欢吃路边摊？她说，都喜欢。

这次我又加了两条烤秋刀鱼。夏天越来越浓烈了，有一股无法形容的味道，我不知道这是来自于星空还是来自于姑娘。当我把这个疑惑告诉她的时候，她说，应该来自于烧烤店。这个时候，三十块弹唱一首的小哥背着吉他走到了我们面前。直接开腔就唱《真的爱你》，主歌部分要开始的时候，突然停止说，五十块两首，可以吗？说完就递过来一份歌单。她看了一眼说，要听Luca Testa的 *last Weekend*。我和吉他小哥面面相觑。

我说，你喜欢听小众音乐吗？

她说，你呢？

我说，说出来你都不信，老板，来两瓶啤酒。

我边喝啤酒边告诉她，我最喜欢的歌手是Shinig、Ami、feeniks和Ku Plag。第一个是北欧的组合，第二个和第三个是美国的独立音乐人，第四个我也不知道是哪里的。我还谈了他们各自的音乐风格，甚至还谈到他们的长相。我拿起啤酒瓶又喝了一口,她的眼睛安静又认真。事实上,我的确不太喜欢杰克逊、披头士之类的,但是我对他们却很了解,因为大家都喜欢,为了和大家尽情地去聊那些人尽皆知的东西,我假装很喜欢那些。

她吃了口烤鱼说,还有呢?

还有就是Ku Plag的歌词特别有意思,他有一首歌的歌词不停地写道,我没有什么文采,我的歌词也很傻,然后用一种即将睡着的声音不停地唱着。

她笑了笑说,挺好的歌词,只有这几句吗?

我大喝一口啤酒,红着脸认真地想了想说,还有一句,你是唯一懂我的人。

她说,挺伤感的。

我说,不是挺好的吗?

她说,唯一,就挺伤感的。

我说,懂我,就很好啊。

她说,烤鱼都冷了。

我说,我就喜欢吃冷烤鱼,一直以来都这样。

她说,那也没什么不好的。

我吃了几口冷烤鱼说,这就像一部电影,《南国野兽》

看过吗?

她说,我可以听你讲。

这是一个关于美国防洪堤外面小村庄的故事,那里的居民什么困难都自己面对,不肯接受美国政府的帮助,一直到家园被大洪水冲走,他们依旧从政府安排的医院里跑出来,里面有个六岁的小女孩就是不停地对抗着这一切,顺便寻找失散的妈妈。

我将一瓶啤酒一饮而尽说,这就像我喜欢吃冷烤鱼,老板帮我热一下,我还是要等它冷了再吃。

她竟然很优雅地帮我开了瓶啤酒,递给我说,挺不错啊。

我有点晕乎乎地说,那你喜欢看什么电影?

她微笑着说,好看的都喜欢。

我说,比如说呢?

这时候,刚才弹吉他小哥又过来了,拨弄着和弦说,四十块两首吧,再送你一首《小苹果》。

我依旧晕乎乎地说,Sick Individuale的歌给我弹唱一首,给你两百块。

吉他小哥说,三十块两首吧。

我说,Luca Testa的也行,这姑娘喜欢听。

小哥拨着一根弦说，我今天还没有吃饭。

4

老孔一个人在窗户边喃喃自语，偶尔能听出来是几句古诗词。我难以想象老孔不专心做纸灯笼的样子，然而一整个上午老孔就呆坐着。老孔不做纸灯笼，我自然就不用倒垃圾。我这几天又很着迷一个叫做Fenne的歌手，反复听着她的歌。我喜欢小众歌手，有时候喜欢到自己都不记得我到底有没有喜欢过他们，或者他们到底叫什么，唱过什么歌。我就这样着迷地听着随时可能忘掉的歌曲，这就像我上一个特别喜欢的女朋友一样。我记得我们最后的谈话是停留在关于林肯公园主唱自杀，她听了会儿说我要忙了到时候再说就挂了电话。

老孔看了一圈那些栩栩如生的纸灯笼，以及那些待完工的半成品，突然间神色又黯淡了许多。

我终于摘下耳机说，怎么不做纸灯笼了？

老孔尴尬地来了一句，千山鸟飞绝。

我说，所以你要准备做鸟吗？

老孔又来一句，万径人踪灭。

我说，还要做人？

在我的印象里，老孔也只能摆弄这几句诗歌了。

老孔又环视一圈说，你跟了我这么长时间，知道这些东西的价值吗？

我说，五十块一个吧。

老孔一脸愕然，然后说，俗气，魏晋南北朝时期的文化瑰宝，你用现在的价格衡量？

我说，哦，那一百五。

老孔一脸无奈地摆摆手，我关掉流行音乐说，我知道百年传统手艺，经过几代人的改良，在你这里得到了很好的传承，你把这些内在的文化艺术通过纸灯笼的形式，结合当代人的艺术审美，融合现代社会的……

老孔连连摆手说，行了行了，对内八十块，对外一百八。

我也不知道再说点什么，于是又戴上了耳机，老孔说，你听的是什么？

我就给了他一只耳机，里面在唱一首*I've changed for you*，翻译成中文就是《我已经为你而改变》。老孔听了几秒钟，竟然眼眶湿润，我说，老孔，你怎么了？

老孔盯着其中几个纸灯笼没有说话。

我又摘下耳机说，老孔，你别和我说你听懂了，我都没怎么听懂啊，你英文单词都认不全吧……

老孔突然抹了一把脸说，结膜炎了。

我重新戴上耳机，顺口劝一句结膜炎早点去医院。老孔则蹲下来一个一个灯笼地看过去。

我说，你这么仔细看灯笼干吗？

老孔蹲着说，不是我看它们，是它们在看我。

我说，老孔，你说话简单点。

老孔指着那些栩栩如生的纸灯笼说，你仔细看，它们都是会动的，有灵魂的。

我看着老孔，老孔让我也过去，一起蹲下，然后指着一只不知道名字的动物灯笼小声说，仔细看，用心看。

我在老孔的指引下，凝视着那只纸灯笼。

老孔说，看到它们在动了吗？

我点点头说，看到了。

老孔说，化有形为无形。

我又点点头说，能理解，把有的变成没的，遁空一切，深入内心。

老孔就像看灯笼一样看着我说,你懂这些纸灯笼吗?

我戴着耳机,听着不知名乐队的歌说,略懂。

老孔站起身说,元宵灯会不搞了。

5

我剥着小龙虾说,你好久没有来了。她也剥着小龙虾说,最近有点事。我把剥好的小龙虾放到她面前说,什么事呢?她拿着剥好的小龙虾说,要给你吗?我略微伸过头说,放我嘴巴里。

她拿起我给她剥好的那只龙虾,放到我的嘴巴里,说,吃你自己的吧。我说,谢谢啊。她说,谢谢你自己。于是我又给她剥了一只龙虾。

我说,在国外,小龙虾很泛滥,根本不用钱。

她说,你见过?

我说,在朋友圈见过。

她吃着我给她剥的龙虾,微微笑着。

我说，别笑啊，我也去了很多国家啊。

她认真地看着我问，哪些国家呢？

我告诉她，东南亚国家全部跑遍了。

她说，印象最深的呢？

我说，二十岁的时候，第一次去东南亚，一个人坐着火车从这里出发，穿越越南，到达西贡，去寻找玛格丽特·杜拉斯。

我在烧烤摊昏暗的灯光下说，喜欢玛格丽特的纯净与自由。

她小心翼翼地将龙虾体内的筋取出，说，不觉得浓郁和清爽吗？

我想了想说，有，浓郁和清爽的个人主义。

她也想了想说，不应该是英雄主义吗？

我将一盘的龙虾壳倒进旁边的垃圾桶，说，纯净和自由，浓郁和清爽的个人英雄主义？

她往后顺了顺长发说，还有奋不顾身的爱情。

我发现她从没有和我聊这么多，以前都是听我讲。

我也继续说，还有那种强烈的气息，东南亚热烈阳光下，绿色植物腐烂的味道。

她突然主动给我剥了一只小龙虾，说，还有香甜的味道吧，还有修长的腿，好看的眼睛，金色的头发，善良和勇敢。

我突然发现我们可以把玛格丽特聊得别人都听不懂为止。

我说，看来你很了解？

她说，在无忧无虑的国度，做着自己世界里女王的感觉，每个人都很喜欢。

我说，你喜欢做女王吗？

她说，不喜欢。

我说，你不是说，每个人都喜欢吗？

她说，我不是在每个人里面。

我说，那你喜欢玛格丽特的什么，《抵挡太平的堤坝》《情人》？

她似乎毫不在意我说的这些，脱口而出，少女感，还有那种对爱情最简单的占卜式的预感。

我不知道关于玛格丽特应该再谈点什么，于是我又叫了三瓶啤酒，酒一喝关于玛格丽特的话题就源源不断地展开来。

讲到最后，她突然说，太晚了，得走了。

我红着脸晕乎乎地说，我送你吧。

她说，不用了。

我说，你就像玛格丽特一样呀。

她起身的时候，我突然从桌子底下抽出一盏纸灯笼，说，这个送给你。

她看了半天说，这什么动物？

我也不知道，我只是趁老孔不在的时候，偷偷拿了一只最好看的。

她拿在手里又看了一会儿说，那就叫它玛格丽特吧。

我说，下次见面，我们得约个时间了，下周日晚上九点，好吗？

她毫不犹豫地说，好。

我说，我给你一盏纸灯笼，你给我一个手机号码。

她干脆地给了我一串手机号码，然后提着那盏灯笼走了。

6

这一次我倒了一上午的垃圾。

还没来得及打消防电话，老孔就一个人把工作室里的大火扑灭了。那些关于动物的纸灯笼，死的死，伤的伤，一眼望去全部湿漉漉或者黑糊糊。老孔一脸凝重地蹲着看那些还勉强能看出些形状来的纸灯笼。

老孔还问我，你知道这个是什么吗？

我说，是狗吧。

老孔没有说话。

我说，是猫吗？

老孔说，我也不知道是什么。

我说，那你看完了吗？看完我就拿走倒垃圾堆里去了。

老孔站起来，在工作室里来回踱步。我把所有的垃圾都清理完了，换言之，这工作室里的所有东西几乎都变成了垃圾。在我努力清理下，除了少部分微微熏黑的墙体，工作室已经变得非常干净整洁，几乎一无所有。

我终于有空坐下来，把腿跷到桌子上，打开可乐喝了一口问，怎么就着火了呢？

老孔看着窗外说，烟头。

我说，你不是从来不抽烟的吗？

老孔说，解闷。

我说，反正元宵灯会也不搞了，烧了就烧了吧。

老孔突然看着我说，魏晋南北朝的瑰宝……

我一摆手说，行了行了，没了还可以再做，一次火灾和一次元宵灯会对于魏晋南北朝的瑰宝来说，不算什么吧。

老孔说，算得上所有了。

我特别拙劣地安慰道，别这样，没有灯笼，你还有家啊。

老孔说，我没有家。

我把搁在桌子上的腿放下来，那下班不是天天回家吗？也烧了啊？

老孔说，我只是有房子，没有家。

我拿着可乐，不知道放着好还是喝一口好。

老孔突然自责地说，我灭火的方式不对，很多纸灯笼都是被我慌乱中用水泼坏的，很多根本没有烧着。

我拿着可乐犹豫着说，那……难道得像浇花一样，拿着花洒小心翼翼地去灭火？

老孔一脸严肃地说，对，你这个方法很好。

说完老孔就戴上老花镜，一脸认真地盯着空无一物的桌子。

我说，老孔，你在看什么？

老孔喃喃地说，纸灯笼怕火，也怕水，但最怕的还是我，是我把他们做出来了。

这话听得有点道理,但又有点听不懂,老孔自从不做纸灯笼以后经常讲一些充满哲理又毫无用处的话。

我起身说,别担心,纸灯笼还会有的。

老孔盯着桌面说,一个也没有了。

我将可乐罐扔进垃圾桶说,还有一个。

7

这一天的夏风有点凉,我从九点半等到烧烤摊收摊她都还没有来。这期间,我才发现她给我的手机号码少了一位数。我想,她应该不会按照约定出现了。我一个人吃了两人份的烧烤小龙虾以及啤酒。在吃之前,我还跟她发了信息,让她记得把那盏动物灯笼带上,我要给她换一个更好的礼物。现在发现,发给了一个空号,而我手里还捧着一套玛格丽特·杜拉斯的全集。我只是觉得有点对不起老孔,因为他说对了,一盏纸灯笼都没有了。我捧着那套全集,想起之前的那次见面聊天。关于玛格丽特我们聊得特别多,也特别开心,并没有什么不对。她走之前，还把那盏灯笼称为玛格丽特。我还说，她像玛格丽特。

一个月后，我去了一家外贸公司上班。在大办公室的角落里，发现了一个很熟悉的身影，穿着打扮跟她很相似，但是因为化了妆，我也不是十分确定。

中午的时候，我走过去说，新来的吗？

她说，半年了。

我说，中午一起吃烧烤吗？

她微微一笑说，好啊。

在吃烧烤的时候，我吃着烤秋刀鱼说，我喜欢吃冷烤鱼，这就像《南国野兽》里的人们一样……

她啃完最后一口烤玉米说，你吃完了吗？

我说，我现在发现其实你和玛格丽特也很像啊……

她擦了擦嘴，看着我说，你先慢慢吃吧，我给你买个单，先走了。

我一个人默默吃着烧烤，回想起之前那几次的对话，其实除了欢聊玛格丽特之外，其余几次，她都没有提供任何信息，唯一提到的就是她喜欢听Luca Testa的 *Last weekend*。

下午我在网上搜了Luca Testa这个歌手，除了知道是一名来自意大利的歌手之外其他什么也没有，我又无聊地搜了玛格丽特，突然发现玛格丽特也不仅仅是杜拉斯，是鸡尾酒，是电影女主角，是动漫人物，也是一种花……我不知道我们那天聊的是什么，所有的词汇都能对照任何一个玛格丽特。

下班之前，我走过那个角落，轻声说，你好，玛格丽特。

她优雅地白了我一眼，从此以后没有再和我说过一句话。

上海动物园

1

我写完那本庸俗的新书,是一个阴郁的下午。我走在街上,想吃点什么。作为一名写作者,我从来没有考虑过"伟大的文学性"。我挺喜欢王小波、加缪、塞林格,也挺喜欢炸鸡腿、麻辣烫、热咖啡。我只想赚点钱,以此舒服地度过每一个管他是阴郁还是灿烂的下午。

我吃完饭,没事情干就往回走。一个大爷躺在路中间,旁边停着一辆汽车,路的对面放着大爷的一只鞋子。我想我也做不了什么。当我再次没事干从家里出来的时候,看到大爷、汽车和鞋子依旧老样子在那里。出于一名写作者的关怀,我把那只鞋子捡起来递给了大爷。大爷瞪着我说,谁让你捡的？给我放回去吧。我又把鞋子放回了原处。大爷说，有这么近吗？再放远一点吧。

幸亏我现在三十岁了，十年前我会过去踹他两脚，然后二话不说拿起鞋子扔进垃圾桶。现在我不会了，哪怕一辆汽车碾压了他，这又关我什么事。我三十岁了，越来越成熟了。别人的三十岁，除了吃喝，也就盯着漂亮姑娘的胸部多看几眼，其他一切云淡风轻，相比较而言我还是杂念较多。譬如还偶有"写作者的关怀"等虚妄之念，说明心理还没发育健全。

我把大爷的鞋子往后挪了点，实在没事干，就打电话给老虎。三天时间，老虎已经给我打了十多个电话，我一个都没有接。老虎是个软件工程师，一直在致力于人工智能的研究与开发。在更早之前，我和他一起见了一个投资人，老虎告诉投资人，将来人工智能将接管你的生活甚至工作，市场潜力巨大。投资人说，要不先给个五万块试试？老虎借口上厕所再也没有回来过。我和投资人聊了十多分钟的人生和理想，最后我把单给买了。

老虎接我电话的第一句话是，还活着？然后告诉我他在开发一款写作软件。这个想法来自于我。他看我写作太辛苦了，经常连续写几天，打无数个电话都不接，就跟死了一样。

这款智能写作软件，致力于把全球所有作家的作品都纳入数据库，进行杂糅、拆分和重组。以后我们写作，脑子里只需有个想法，然后输入百分之十海明威，百分之三十加缪，百分之三十五王小波，百分之十五博尔赫斯，甚至输入自己的名字也可以。如果对作品有什么不满意的，可以继续输入名字和比例进行调整，也可以人工逐字逐句调整，你只要输入一个数字，它就能生成一篇相应数字的文章，一小时能生成一亿字。

老虎的意思是，我就别写作了，帮他来完善数据库，将海量作家的作品导入这个数据库，并且不断地保持更新。我说那这个世界上不需要作家了吗？老虎说，一方面我们不停纳入那些还在进行自行创作的作家作品，另一方面软件创作出来的文章也纳入数据库，这就叫病毒式变异扩散写作法。

老虎在挂电话之前告诉我，用不了多久，我们只需要病毒式变异扩散写作的操作员就行了，这个世界就不需要作家了。

这话让我有点忧伤，如果这个世界真不需要作家了，那我能去干什么？我在这条大街上来回走了好几趟。本质上这是一种职业解放，或者说劳动解放。而我们一直觉得动点脑子写出来的东西总显得比不动脑子写出来的东西更有意义，我们对自己的脑子是否有一种低级的迷信？我在思考这些的时候被不平的路砖绊了一脚，终于想起了小佚。

我打电话给小佚，她挂断了。她回我信息，在开会。我问她晚上吃什么，她说什么都可以。我说那就吃日本料理吧，小佚说这个昨天刚吃过。我说那就吃火锅，小佚说最近上火。我说那就吃海鲜吧，小佚说还没吃腻吗？我说那中山东路等你吗？她说快结束的时候再联系。我说几点结束？她说现在也不太确定。

2

我花了一个上午，驾驶着我那辆灰蒙蒙的汽车开了三百多公里，不停地从城市的东边开到西边，再从西边开到东边，也不知道往返了多少次。这期间我听了很多音乐。譬如十年前很喜欢的主唱已经死了的林肯公园，只有一首歌好听的 Patrick Nuo，某一时刻深入骨髓的 FM Static，烂大街的 Busted，还有开车让你睡着的卡拉·布吕尼，还有许多我叫不出名字也听不懂意思的音乐。

我这么来回开的原因是，我汽车的水箱漏水了。比起一千多块修理费的大店，在太阳刚升起来的时候，我找到了一家只需三百块就搞定的小店。年老的修车师傅，捣鼓了一阵，在十几平米阴暗的修车铺里点着烟对我说，你先开个十天半个月大概三四百公里试试，到时候再来看看有没有问题。于是我一个上午就开了三百多公里，最后伴随着卡拉·布吕尼昏昏欲睡的声音，将车停在了阴暗的修车铺前。老师傅看了几眼说，还是漏水。换了一个水箱之后说，再去开三四百公里看看。我在晚上七点多的时候，又开完了三百多公里。老师傅端着饭碗在昏黄的灯光下看了一会儿说，要不明天再说吧。

我急于把车修好，是因为我要开着车和老马去西藏了。这在以前是一件很酷的事情，现在干的人多了就变得比较庸俗了。现在我也想不出什么特别酷的事情，只是觉得庸俗其实也是挺酷的。

我和老马在一个游戏群里认识，我们都属于特别庸俗特别酷的人。连游戏我们都不好好打，经常瞎扯淡。在这个几百号人的群里，老马半夜突然会发一句，明天有人骑车去云南吗？只有我回，有。知道尼采的唯意志论是什么吗？只有我回，知道。八尺龙须方锦褥，下一句是什么？只有我认真瞎编，四根狗尾圆破絮。你知道人生的终极意义是什么吗？我说，吃喝嫖赌。说完这话，我和老马双双被踢出了群。我们就这样建立起了深厚的"革命情谊"。

我和老马玩游戏的时候，经常在游戏的对话框里谈论哲学、人生以及宇宙的奥义。别的队友经常迫于无奈破口大骂，但是因为不雅词汇被屏蔽，所以经常会有一大堆星号出现。只有我们这种高大上的词汇，才会源源不断呈现在一款无聊幼稚的游戏里。

我和老马认识两年多，玩游戏的时候，我们投敌无数，坑队友没商量，义无反顾，持之以恒地将游戏游戏的精神发挥到极致。老马说，这才是真正的游戏哲学，你亦我，我亦你，敌亦友，友亦敌，输则赢，赢则输。我说，老马你做什么工作的？老马一本正经地回三个字，哲学家。我说，哲学家一个月多钱？老马说，钱越多越庸俗。我说，那就不谈钱了。老马回，两千。我说，那你一点也不庸俗。老马有时候问我借五千，有时候我问他借三千，有时候他又问我借两千五，有时候我也问他借个三千五，来来回回无数次，我都忘了我们到底谁欠谁钱了。

老马提出要开车去西藏的时候，我觉得老马还是挺酷的，但是后来我发现老马比我想象的还要酷，因为老马连车也没有。

在我花了一千五将汽车漏水问题解决之后，我开着车去找老马，准备接上他就往西藏方向开去。我和老马都是很酷的人，所以在出发的前一天，我才想起来和老马说，要不见一面吃个饭聊聊，毕竟我们从来没有见过面。老马说，明天都要出发了，明天见吧。老马说，明天在天一广场的二号门前等我。

我到达天一广场的二号门前，看见老马背着一个很大的旅行袋，一头长发，穿着一件破旧的皮夹克，瘦小黝黑的脸庞，嘴巴上斜叼着烟，这一切无不在告诉周围的人们，老子我要驾车穿越中国去西藏了。这牛逼哄哄的样子和这个城市特别格格不入。

我摇下玻璃窗，大喊一声，老马，这里。

老马晃荡着巨大的旅行袋跑过来，想和我说两句又或者想分我一根烟。我说，这里不能停车，上车再说。老马一屁股坐到副驾，将旅行袋往后座一甩，撩了一把长发，一股几天没洗头的酸腐味扑鼻而来。车上正随机播放着一首名叫 *In the morning light* 的歌，我说，这歌怎么样？我将这首歌名翻译成《沐光之城》。老马一脸无所谓操着一口极其不标准的普通话说，可以，然后说，得劲，得劲。老马掏出一款过时的破手机看了看说，太慢，上高架。我说，不赶时间。老马被风吹得眯着眼睛说，赶。我说你包里都带了些什么，老马说，破衣服。老马的确是个哲学家，有点人狠话不多的感觉。我说，从网上就可以看出来你是个哲学家。老马叼着最后一根烟说，过了过了，前面掉头。我掉了一个头说，去干吗？老马扶着门说，停停停，就这里，我买包烟。下车的时候，老马给我五十块说，都是这个价。我说，老马，怎么了？老马一扭头，还叼着明灭不定的烟屁股说，谁是老马？我说，你不是老马？老马一下车，踩灭烟蒂说，谁是老马？我说，不是去西藏？老马将旅行袋一扛说，去河南。

我看看手机，老马没有一点反应，我试图联系他，也没有任何回复。我重新将车开回天一广场的二号门。因为大门前不能停车，于是我不停地绕圈，每绕一圈我就看一眼，总看见一群行色匆匆的人从一边走到另一边。绕了五六圈之后，我将车停在大门口，警察马上过来示意我开走。

我边踩油门边用手不停联系老马，就像在联系一位远古时期的哲学家，一直没有反应。此刻，我发现水温又高于一百五十度了，警示灯亮起，这说明水箱又漏水了。我将灰蒙蒙的汽车往那个阴暗的小店铺开去。此时，曾经钟爱的绿日乐队在唱着那首俗不可耐的歌曲 When I Come Around，我英文不太好，隐约知道有周而复始的意思。

这个时候我突然发现好久没有联系小佚了，虽然可能才一天，但是她也没联系我。于是我发了一条信息给她，在忙吗？一直到太阳西斜，年老的修车师傅开合引擎盖无数次之后，小佚回我，还好。

3

鱼龙搞了一支摇滚乐队，希望我帮他找一个排练的地方。我说，那就我家吧。鱼龙说这排练的声音比装修声音还大。鱼龙的出现总是伴随着一个鼓手和一个贝斯手，每当鱼龙说什么的时候，另两个人就负责说，对对对，是是是。鱼龙说，作为一支乐队三个人就是一个人。他们的目标是成为披头士乐队，再不济也要成为滚石乐队，底线是皇后乐队。十年前我也组过一支乐队，我的最高目标只是成为五月天，这是一个在很多人眼里整天唱口水歌的乐队。鱼龙问我当初我们是在哪里排练的。我告诉他我们搞乐队最大的问题不是排练场地，而是人都凑不齐。

在这个城市里，找个摇滚乐队的排练场地确实有点困难。摇滚乐队排练的声音实在太大了，既不能影响别人，也不能受别人影响。但是这一切如果有足够的钱，并不是什么问题。

我们试图去这个城市最高的地方。我们爬了很多写字楼的楼顶。有时候我们上去了，被保安不留情面地赶下来了。有时候我们在大厅连电梯都进不去。于是我们试图去这个城市最低的地方。我们去找了很多地下车库，地下一层，地下二层，地下三层，都不行，只有一个物业的负责人跟我们说，如果有地下十八层，那你们就排练吧。鱼龙听了这话，就要跟物业的负责人干起来，我拼命拉住了。鱼龙说，我们可是搞摇滚的。我说，搞摇滚的搞不过保安。

如果是十年前，我可能要试图加入这个乐队，但是现在，我知道在这个城市里搞一支摇滚乐队不太现实。除了搞摇滚乐队，三个人在这个城市里还有很多事情可以做。譬如开一家奶茶店，一个负责做，一个负责收钱，一个负责外送。或者不想干活，纯粹想消磨时间，那坐下来玩斗地主也比玩摇滚乐队靠谱。鱼龙听我这么说的时候，睁大眼睛瞪着我。我第一次发现鱼龙的眼睛竟然这么大。

第一次听到了鱼龙乐队的排练，同样是在一个阴郁的午后。在一个敬老院偏僻空荡的场地内。鱼龙给每个老年人买了睡眠耳塞，不要听的可以塞上耳塞。出乎意料的是，在鱼龙排练的时候总是围着一大群老年人，他们都一脸认真地坐在椅子上，仔细聆听。鱼龙他们有时候完整地演奏完一首歌，有时候中途停下来重来。

大概在下午四点多的时候，鱼龙他们演奏了一首叫 *I Wanna Hold Your Hand* 的歌。这是一九六四年披头士乐队第一次在美国演奏的歌曲，被誉为"英国入侵"的代表作。歌词的核心意思就一句话，我想拉起你的小手。整首歌都在反复着这一句话。

外面的天气依旧阴郁灰蒙，周围的很多老年人依旧坐在小凳子上认真听着。鱼龙他们改编演奏了好几遍，唱了四十多遍"我想拉起你的小手"。台下一片安静。

快到饭点的时候，鱼龙他们演奏了一首《茉莉花》，台下响起稀稀拉拉的掌声，然后就是凳子拖动的声音，年老的人群慢慢散去。

鱼龙每周四都要在这个偏僻空荡的地方，给老年人演奏一些院里规定的曲目。一个月里他们演奏了《回娘家》《绣红旗》《打靶归来》《歌唱大别山》《伟大的北京》《翻身农奴把歌唱》等歌曲。

三个月后，他们就从敬老院出来了，去参加了几个音乐节，演奏了几首他们的代表作。赞美他们的人没有，骂他们的人也没有。每次都是来也匆匆，去也匆匆。有点像厕所上面贴的那些小标语。

鱼龙准备重新找排练场地，一切想要的重来的时候。我递给他一支烟，装出一副语重心长的样子，鱼龙说，你别劝我开奶茶店。贝斯手和鼓手都说，对对对，是是是。我说，你就一个人弹弹吉他，唱点民谣，这样你在我家里就可以排练。这一次贝斯手和鼓手没有说，对对对，是是是。

我说你弹唱几首轻缓一点的民谣歌曲，《九月》《米店》会不会？鱼龙瞪大眼睛看着我，然后响起轻缓的歌词和旋律，三月的烟雨，飘摇的南方，你坐在空空的米店……贝斯手和鼓手像木偶一样站在后面，好像从此不知道要干什么。

我打电话给小佚,想让她听一下这些现场版好听的民谣。电话没有人接。我说,鱼龙,一会儿你给我喜欢的姑娘弹一些民谣,我给你钱,或者给你找个好点的能排练摇滚的场地。鱼龙抱着一把我以前买的两百块的木吉他说,好。

我和鱼龙、贝斯手、鼓手四个人一直在等小佚。后来我们就这样慢慢睡着了。

4

我开了一个小时的车,到达了步行只需十几分钟的地方。我记不住这个活动的名字,总之是一个没有太大意义的艺术聚会。有很多所谓的艺术家甚至古董收藏家。我是写作的,很荣幸,也成为了这帮伪艺术家中的一员,上台莫名其妙发表了一番艺术感悟。吃饭的时候,一个中年大叔坐我旁边,我看不出他是搞哪门伪艺术的。他对我的发言大加赞赏,还问我喜欢哪个作家,我咬着大蟹脚说,加缪。我想这下应该没什么可聊了。大叔吧唧着嘴,抑扬顿挫地说,一个作家最重要的是敏锐的感受力,外加优秀的笔头功夫,还有勤奋努力的态度,加上孜孜不倦的精神,那就一定能成为像"加妙"一样的作家。我吐出蟹壳说,缪,纰缪的缪。大叔说,对,加缪也不是一出生就是加缪,一个优秀的作家那是经过时间和经验的凝练,个人经历和阅历的积累,等等,最后才成为加缪的对吧?我咬着第六个大蟹脚想说一句,你妈的。然后说了一句,是的,老师。作为一个从小生活在沿海城市的小市民,我吃了八个大蟹脚,四个北极贝,两只梭子蟹,三对深水虾,两条秋刀鱼,一盆杂螺。就这样吃了一堆庸俗不堪的海鲜,聊了一通毫无意义的狗屎。最后他们给了我八百块发言费。讲莫名其妙的废话就能拿钱,作为一名伪艺术家,我真希望这种没有意义的事情能多一点。如果一切都没有了意义,那我可能就要发财了。

我拿着八百块钱去看我外婆。我发动那辆开了十年的雪佛兰破车。车已经很脏了,这说明很久没有下雨了。北方已经开始烧煤供暖,大量的尘埃南下,空气越来越差,我的车也和这个世界一样越来越灰蒙蒙。

我外婆住在第二人民医院心血管内科一七零二房间。她的症状是失眠、头晕、腰酸背痛、有气无力,医生说,年纪大了就是这样,正常的。当所有的症状成为常态,这就让我外婆感到了衰老的恐惧。

我被二院楼下的烧饼香味吸引，买了两个准备给外婆吃。医生嘱咐外婆很多东西都不能吃，但是我和外婆的想法是，管他呢，想吃就吃。于是在还没进电梯的时候，我就把两只烧饼吃掉了。我想，算了，老年人还是要遵医嘱。

外婆见到我很激动，立即从床上坐起来，嘘寒问暖了一分钟后，提醒我嘴边还留着一抹葱。我擦了擦嘴巴，掏出六百块钱给外婆。外婆拒绝了一番，拿出两只葱油饼给我，说隔壁阿姨买的，还没冷掉，我们一人一个吃掉吧。我打了一个饱嗝，又吃掉了一只葱油饼。

一天就这样过了一大半。窗外路上的汽车渐渐增多，高峰期马上就要来了。护士进来，又在数落外婆。外婆一言不发看着窗外，乖乖让护士将针扎进皮肤里。之前的一天，一个著名剧团来这里演出，外婆一个人走出病房，坐了一个多小时的公交车去看演出，结果错过了打点滴时间，为此护士对外婆格外头疼。外婆喜欢看各类戏剧。在我很小的时候，她就带着我走很远的路去看戏剧。现在我成了一个作家，外婆认为很大原因是小时候她带我看戏剧激发了我的写作才能。其实带给我回忆的是，看戏时外婆给我买的各种零食。

还有就是走不动的时候，外婆抱着我边走边给我讲故事。故事一点都不记得了，只记得走不动被外婆抱着的感觉真好。多年以后，外婆大概不会知道，被她从小用戏剧滋养熏陶的外孙，最后成了一个伪作家。如果我不成为一个伪作家，连六百块钱都给不了外婆。

外婆看着吊瓶里的液体往下滴，问我，最近出去过吗？这点我和外婆很像，不管有事没事总喜欢到处走。我自认为去过了很多地方，但是这个世界上却有两百多个国家和地区。外婆始终没有走出过长三角，但她也自认为像我一样去过了很多地方。

吊瓶的液体下落得很慢很慢，外面的高峰期快要过去了。我和外婆说了再见，准备去见小佚。

临走的时候外婆喃喃地说，上次戏没看，花了这么多时间，是找不到地方了，剧场就在久久天桥旁边，怎么都找不到久久天桥。我说，久久天桥已经拆掉了。外婆看着吊瓶，好像瞬间睡着了。

我在一家小吃馆里吃了一份廉价的鸡腿饭。顺便等小佚结束饭局。这期间，我用手机打开了邮箱看了一份合同。我是一个没有组织和单位的人。只是有想赚钱的公司看中了我写的那些烂俗的文字,所以和我签约,决定要好好做我的书。

我擦了擦嘴巴,关掉邮箱。我不知道小佚什么时候结束饭局。我去咖啡店买了两杯热美式,然后将车开到天一广场附近。

车内播放着Holly Throsby的一首歌曲,翻译成中文歌名叫《为什么我们不将心中的爱意告诉对方呢?》,歌名很长很庸俗,但好听。我单曲循环了十多遍,小佚还没有结束饭局。我再次打开邮箱,对着合同想补充些什么,小佚发来了信息。她说晚上太晚了,要不明晚再见吧。我说我就在天一广场,她说我送了一个朋友到了柳汀街,这个时候我已经发动汽车往柳汀街方向开,热咖啡还没有完全变冷,我说我很快就到了。她说,回家还有点急事,要不今晚算了。我开着那辆灰蒙蒙的雪佛兰汽车穿过柳汀街,然后说,好的,注意安全。

之后的两天我们依旧保持着联系,联系的内容是她还是挺忙的,空了会告诉我。编辑打我电话说,邮件显示已读两天了,看了没?我说,没意见,都很好。Holly Throsby还在循环那首单曲,这首歌的主旋律和歌名一样,为什么我们不将心中的爱意告诉对方呢?很长很庸俗又很好听。

5

我找了一份写文案的工作。他们觉得我是一名作家，所以认为我很能写。其实我完全不懂那些东西，所有的文案我都是按照网上的模版来写的。有时候甚至直接抄一段。我也不知道我为什么要去找一份朝九晚五的工作，可能是过腻了不朝九晚五的生活。

上班一个月，唯一确定的是这是一家破公司，待在这里的人就这样碌碌无为地过完一生。我大部分时候待在高大上的玻璃幕墙内，灰蒙蒙的阳光照进来，一切看起来都是那么地有希望。这时候我会把那些废纸搂成一团，学习那些伟大的球星，将废纸投进垃圾桶。我曾经多么想成为那些伟大的歌手，球星，作家，我的梦想就是成为那些无法成为的人。后来发现其实大家都这样，譬如我们公司的总监，他做梦也没想过会成为一家破文化公司的总监。

总监非常忙，他也希望我们非常忙。我经常将废纸投进纸篓这个动作重复好几遍。譬如我特意将垃圾桶放得远一些，学习詹姆斯和科比的投篮姿势，如果投进了我会将垃圾桶放得更远一些,我的命中率可以让我将垃圾桶放到总监座位附近,这已经是最远距离了,就算这样我还是可以命中。这破公司真的太小了。在这里我对于投废纸渐渐失去了兴趣,以至于觉得上班越来越无聊。

总监让我送一份材料去北仑。出发之前我下载了许多歌曲,里面有很多冷门好听的乐队。总监打电话问我,快到了吗?我在办公室的另一头偷偷说,快了快了。出门的时候我选了一条最远的路,到达北仑的时候,那些歌还没有听完,于是我又在马路上绕了两圈,把所有的歌曲听完我才停下汽车。

出来的时候,我突然发现这是一个温暖的下午。太阳灿烂,天空清澈。我不禁在大街上游荡起来。我就这样晃荡了一下午,等到暮色渐浓,天空灰暗,我才发动汽车。我往公司的方向开,去下个班,然后回家。

到公司的时候,我就被总监大骂了一顿。他说你这是去北仑还是去北京了?等了你一下午打了十多个电话。最后表示要辞退我。我想既然这样那就走吧。我面无表情地说,好的。总监突然换了一种语气,扶了扶眼镜说,其实,你知道你活着最大的意义是什么?作为一名伪作家,我对这种话和语调有一种本能的排斥。我没说话。总监坐下来说，人活着是需要有自己的价值的，价值的体现就在工作上，对工作的尊重就是对自己的尊重，对生命的尊重，鲁迅先生说过一句话，浪费时间，就是在谋财害命。你说你是不是在谋我的财害我的命？你是一个作家你应该知道高尔基先生也说过一句话……我不小心打了一个哈欠，总监皱着眉头看着我说，怎么了？我还没说完你就不耐烦了？我说没有，生理现象。

总监说，你先走吧，扣一星期的工资。

我说，我要辞职。

总监说，没让你辞职。

我说，我要辞职。

总监说，巴金、老舍，还有那个海明威都说过……

我说，我要辞职。

总监说，你知道辞职意味着什么吗？

我说，我要辞职。

总监说，都容忍你玩投废纸这么无聊的游戏了。

我说，玩腻了。

总监说，玩腻了你还可以玩点别的。

我说，什么都不好玩。

总监说，你走了公司怎么办？

我这样投废纸能投半天的人，竟然能对公司产生这么重要的影响，这说明这已经不是家一般破的公司了。我都很难形容我自己，更不愿意待在一个很难形容的地方。总监好说歹说要请我吃个饭表示挽留，我欣然接受了。等吃完晚饭，我毅然表示要辞职，并且二话不说开着那辆灰蒙蒙的汽车走了。

月亮已经很高了。我开了五十公里的车，给小佚送了一杯咖啡。我们聊了一些我记不太住的话，小佚更加记不住。日后回忆起来的是，那杯美式热咖啡还没有冷掉，外面的夜色比咖啡还浓郁。我们就这样坐在一起聊了一个多小时。小佚没有把咖啡喝完。我只记得她说了谢谢，以及临走前我们都说了，再见。

6

我已经很久没有出门了，汽车都已经无法发动。老虎让我去做导入全球作家作品的工作，于是我走出了门外。我发现旁边已经变成了一片工地，如果要去坐公交车，就要绕一大圈。于是我尝试着从工地穿过去。在尘土飞扬的工地，我突然觉得我可能要失去作家这个身份了，以后可能会变成一个伟大的病毒式变异扩散写作操作员。这让我感到非常不安。我这么想的时候，一个头戴安全帽的说，快过来一起推钢筋。于是我过去和他一起推着一车钢筋走了。推了好几车钢筋，我累得瘫坐在旁边，等稍稍恢复一点，我拿出手机玩了两把游戏，没有老马的配合，玩游戏也只是输赢而已。我看了看周围，突然发现其实鱼龙可以来这里排练，工地的声音肯定能盖过摇滚那些微不足道的声音，完全不会影响任何人，如果能戴着安全帽演奏披头士乐队的歌曲，那比任何事情都酷。

我站起身，继续往前走。老虎的软件实在太可怕了，祖国可以解放，人民可以解放，劳动力可以解放，甚至性都可以解放，但是作家怎么能解放呢？我犹豫了一下，就在路上转入了二院的病房，顺路去看一下外婆。外婆已经转到了另一个病房。

我看见病房里外婆并不在，我问护士，我外婆呢？护士告诉我，自己走在外面去了。她告诉我，再过个两年左右，外婆可能会忘记很多东西，会说不出很多话，会更容易迷路，再过三年的话，外婆可能连我都会不认识，她会忘记一切，会漫无目的地游走，很容易就这样失踪。我说你们算得这么准。护士说，阿尔茨海默综合征就是这样，你好好看住你的外婆吧。

我到达老虎公司的时候，老虎递给我一张名片，这是一张我的名片。上面写着我是公司的总监。除了总监就没有其他人了。我想以长者的姿态语重心长地去教育一个人的机会都没有。我的工作就是将这个世界上所有作家作品不停地导入一个黑洞一样的数据库。我夜以继日地做着这样一件事情，将那些作家的作品填入一个大熔炉，把他们分解，也包括我自己。

间隙，我给小佚发了一条消息，在忙吗？什么时候有空见见吗？在我导入一万多名作家作品之后，小佚也没有告诉我什么时候再见。

图书在版编目（CIP）数据

挺什么 / 赵挺著. -- 上海：上海文艺出版社，2025. -- ISBN 978-7-5321-9056-0

Ⅰ. I247.7

中国国家版本馆CIP数据核字第2024HA4692号

策划编辑：李伟长
责任编辑：余　凯
装帧设计：广　岛

书　　名：挺什么
作　　者：赵挺
出　　版：上海世纪出版集团　上海文艺出版社
地　　址：上海市闵行区号景路159弄A座2楼 201101
发　　行：上海文艺出版社发行中心
　　　　　上海市闵行区号景路159弄A座2楼206室 201101 www.ewen.co
印　　刷：上海盛通时代印刷有限公司
开　　本：1092×787 1/32
印　　张：8.875
插　　页：5
字　　数：140,000
印　　次：2025年2月第1版 2025年2月第1次印刷
Ｉ Ｓ Ｂ Ｎ：978-7-5321-9056-0/I.7127
定　　价：59.00元
告　读　者：如发现本书有质量问题请与印刷厂质量科联系　T：021-37910000